世界与自我

江山如画

中国古代山水志

吴树强 编撰

北京联合出版公司
Beijing United Publishing Co., Ltd.

序

中华大地幅员辽阔，山河壮丽，风格各异的胜景奇观不胜枚举，组成层次分明的万里江山画卷。千百年来，历代先贤都用自己的方式记录下对祖国山河的观感。在户外旅游日益升温的今天，我们通过阅读的方式来重访先贤的足迹，神游祖国大好河山，或许可以成为一种独特的休闲方式。

自先秦至汉代，在《尚书·禹贡》《山海经》《汉书·地理志》等地理类文献中对山川的分布走向已有较为系统准确的记录，甚至在《尔雅》《说文解字》等语言文字类书籍中也对山川做了梳理。后世的《元和郡县志》《太平寰宇记》，直至元明清时期的《一统志》，都把"山川"列为标配章节，从内容上看，基本是简单的说明性记载，较少文人观感的融入。

除此以外，我们可以看到，历朝历代都不乏对山水自然情有独钟的人。他们徜徉于山水之间，留下了自己真挚的感知体验。首先值得我们注意的是先秦诸子中的孔子和庄子。在《论语》中，孔子不止一次表述他对山川自然的感触：

《论语·雍也》："知者乐水，仁者乐山。知者动，仁者静。"
《论语·子罕》："子在川上，曰：'逝者如斯夫，不舍昼夜。'"
《论语·先进》："莫春者，春服既成。冠者五六人，童子六七人，浴乎沂，风乎舞雩，咏而归。"

从简单的话语中，我们能感受到孔子对大自然美景的欣赏，以及内心保有的超然恬淡、回归自然的生活志趣。
庄子的故事说：

庄子与惠子游于濠梁之上。庄子曰："鲦鱼出游从容，是鱼之乐也。"惠子曰："子非鱼，安知鱼之乐？"庄子曰："子非我，安知我不知鱼之乐？"惠子曰："我非子，固不知子矣；子固非鱼也，子之不知鱼之乐，全矣！"庄子曰："请循其本。子曰'汝安知鱼乐'云者，既已知吾知之而问我，我知之濠上也。"

故事实在经典，再加上"庄周梦蝶"的典故，我们应该可以称之为古人与自然在精神层面上融合为一的典范。孔子的挚爱山水和庄子的共情之乐，从某种意义上说可以称为后世文人士大夫登山临水、面对鸟兽虫鱼时所抱态度的模板。

汉末魏晋南北朝是中国古代政治混乱、百姓苦痛的时代，然而宗白华先生说，它恰好是精神史上极自由、极解放，最富于智慧、最浓于热情的一个时代，因此也就是最富有艺术精神的一个时代，书法、绘画、雕塑、文学等无不绚丽多姿。这里不妨先看《世说新语》的几条记载：

顾长康从会稽还，人问山川之美，顾云："千岩竞秀，万壑争流，草木蒙笼其上，若云兴霞蔚。"

——《世说新语·言语》

王子敬云："从山阴道上行，山川自相映发，使人应接不暇。若秋冬之际，尤难为怀。"

——《世说新语·言语》

简文入华林园，顾谓左右曰："会心处，不必在远。

翳然林水，便自有濠、濮间想也，觉鸟兽禽鱼，自来亲人。"

——《世说新语·言语》

我们可以极其真切地感受到山水对他们而言是何等的妙不可言。他们欣赏山水，颇受老庄玄学的影响，我们看陶渊明的"采菊东篱下，悠然见南山"、袁彦伯的"江山辽落，居然有万里之势"。他们欣赏自然，有"目送归鸿，手挥五弦"超然玄远的意趣。这使中国山水画自始即是一种"意境中的山水"。郭璞有诗句曰"林无静树，川无停流"，这玄远幽深的哲学意味深透在当时人的美感和自然欣赏中。

宗白华先生很精辟地指出："晋人向外发现了自然，向内发现了自己的深情。山水虚灵化了，也情致化了。陶渊明、谢灵运等人的山水诗那样的好，是由于他们对于自然有那一股新鲜发现时身入化境、浓酣忘我的趣味；他们随手写来，都成妙谛，境与神会，真气扑人。……在这种深厚的自然体验下，产生了王羲之的《兰亭序》，鲍照《登大雷岸与妹书》，陶弘景、吴均的《叙景短札》，郦道元的《水经注》；这些都是最优美的写景文学。……晋人的美感和艺术观，就大体而言，是以老庄哲学的宇宙观为基础，富于简淡、玄远的意味，因而奠

定了一千五百年来中国美感——尤以表现于山水画、山水诗的基本趋向。（以上叙述参考宗白华先生《论〈世说新语〉与晋人的美》）

在这一点上，如果我们化用王阳明的说法，一定程度上可以说，当没有文人士大夫游览的时候，山川是跟文人同归于沉寂的；一旦文人士大夫们登高临远，山川和生长于斯的生命就具有了灵性，它内蕴的秀气瞬间释放了出来，好像一支蜡烛照亮了一座厅堂。在那个精彩的瞬间，文人士大夫的身份被赋予了特殊的意义，它成了山川与人世、与历史时空相往还的桥梁，打通了山川通往灵性的隧道。

唐宋时期，山水文学迎来了新的时代，不少失意贬谪的文人士大夫开始在山水中寄托情怀。正如欧阳修《梅圣俞诗集序》中所说：

予闻世谓诗人少达而多穷，夫岂然哉？盖世所传诗者，多出于古穷人之辞也。凡士之蕴其所有而不得施于世者，多喜自放于山巅水涯之外，见虫鱼草木、风云鸟兽之状类，往往探其奇怪；内有忧思感愤之郁积，其兴于怨刺，以道羁臣寡妇之所叹，而写人情之难言，盖愈穷则愈工。然则非诗之能穷人，殆穷者而后工也。

　　文人士大夫遭受排挤之时，无不满怀忧愤，很自然地流露在诗文作品中，感怀真挚，引人共鸣。这一时期的山水游记以《永州八记》和苏轼的前后《赤壁赋》为代表，一时之间，正如王国维先生《人间词话》所说"一切景语皆情语"，对山川美景的叙述中总是回荡着作者自己时运不济的心理创伤，同时也映衬着他们的旷达与洒落。对于这种现象南朝刘勰在《文心雕龙》中有精彩的论述：

　　原夫登高之旨，盖睹物兴情。情以物兴，故义必明雅；物以情观，故词必巧丽。（《诠赋篇》）

　　山沓水匝，树杂云合。目既往还，心亦吐纳。春日迟迟，秋风飒飒；情往似赠，兴来如答。（《物色篇》）

　　我们壮丽的山川就在这样的过程中一步步地走进文人视野，承接着文人们的不平与失意，同时也借助着这些笔墨文字，让远在边陲、僻处郊野的山水美景呈现在世人眼前，完成了蜕变。风气流行之下，在文人的精神世界中逐渐形成了绵延不断的隐逸传统。

明清时期，随着商品经济的不断发展，在写景抒情的主流风格之外，单纯记游休闲的文字逐渐增多，这些散淡的游客仿佛成了山川的代言人，就像著名画家石涛在《画语录》所说："山川使予代山川而言也，山川脱胎于予也，予脱胎于山川也。"这类作品以袁宏道的游记为代表，登高临远之际，人与自然合而为一，向世人展示着自身的光彩，多了几分从容、淡泊。

以上简括梳理了古代山水记游文字演化的精神历程，主要突出的是文字背后的思想背景和时代风气。当然这些都是主要的特征，不足以概括全貌，比如宋代就另外发展出了日记体游记，像陆游的《入蜀记》、范成大的《吴船录》等，优秀文人的手笔非同凡响，极具欣赏价值。我们在这本小书里尝试选取其中较有代表性的篇章进行整理，文本部分以通行版本为准，参照古代善本加以审慎校订和注释，以打通主要阅读障碍为目的，尽量简明扼要，并在每篇选文末尾附以简略的赏析文字，以图文并茂的形式把名山大川充满灵性的一面呈献给读者。水平所限，挂一漏万在所不免，诚恳期待方家指正。

吴树强

2019 年夏

069	草堂记（节选）	唐 白居易	
074	小石潭记	唐 柳宗元	
078	游黄溪记	唐 柳宗元	
083	始得西山宴游记	唐 柳宗元	
087	游天平山记	宋 柳开	
092	岳阳楼记	宋 范仲淹	
096	醉翁亭记	宋 欧阳修	
100	沧浪亭记	宋 苏舜钦	
104	苏州洞庭山水月禅院记	宋 苏舜钦	
110	游褒禅山记	宋 王安石	
115	前赤壁赋	宋 苏轼	
121	后赤壁赋	宋 苏轼	
126	石钟山记	宋 苏轼	
131	记承天寺夜游	宋 苏轼	
134	武昌九曲亭记	宋 苏辙	
138	黄州快哉亭记	宋 苏辙	
142	龙井题名记	宋 秦观	

目 录

065	060	056	052	048	042	035	030	025	022	016	012	008	001
冷泉亭记	燕喜亭记	慧山寺新泉记	右溪记	山中与裴秀才迪书	梦游天姥吟留别	滕王阁序（节选）	三峡	华山	答谢中书书	登大雷岸与妹书	桃花源记	兰亭集序	封禅仪记（节选）
唐　白居易	唐　韩愈	唐　独孤及	唐　元结	唐　王维	唐　李白	唐　王勃	北魏　郦道元	北魏　郦道元	南朝梁　陶弘景	南朝宋　鲍照	东晋　陶潜	东晋　王羲之	东汉　马第伯

篇目	朝代	作者	页码
剡溪	明	王思任	228
小洋	明	王思任	232
游洞庭诸刹记	明	姚希孟	236
游雁宕山日记（节选）	明	徐弘祖	242
水尽头	明	刘侗	248
湖心亭看雪	明	张岱	252
游黄山记（节选）	清	钱谦益	256
小云山记	清	王夫之	261
游九华记	清	田雯	266
游太室记	清	施闰章	270
游劳山记（节选）	清	张道浚	276
游桂林诸山记	清	袁枚	282
游珍珠泉记	清	王昶	288
登泰山记	清	姚鼐	292

224 220 216 212 206 201 196 192 187 182 178 174 169 164 160 154 150 146

新城游北山记	宋	晁补之
入蜀记·过巫山凝真观	宋	陆游
峨眉山行记（节选）	宋	范成大
观月记	宋	张孝祥
南岳游山唱酬序（节选）	宋	张栻
游东林山水记	宋	王质
观潮	宋	周密
松风阁记之一	明	刘基
游灵岩记	明	高启
游龙门记	明	薛瑄
恒山记	明	乔宇
游金焦两山记	明	王叔承
上方山四记之一	明	袁宗道
虎丘记	明	袁宏道
西湖游记	明	袁宏道
天目	明	袁宏道
游盘山记（节选）	明	袁宏道
西山小记（节选）	明	袁中道

封禅仪记[1]（节选）

东汉
马第伯

是朝[2]上山，骑行。往往道峻峭，下骑，步牵马。乍步乍骑，且相半。至中观[3]，留马，去平地二十里。南向极望无不睹。仰望天关[4]，如从谷底仰观抗峰[5]。其为高也，如视浮云；其峻也，石壁窈窱[6]，如无道径。遥望其人，端如行朽兀[7]，或以为白石，或以为冰雪，久之，白者[8]移过树，乃知是人也。殊不

---

1 封禅：古代皇帝祭祀天地的隆重仪礼。"封"是祭天，登泰山筑坛举行。"禅"是祭地，在山南梁父山上辟基举行。

2 是朝：指东汉光武帝建武三十二年（公元56年）二月十二日或十三日的早晨。

3 中观：泰山寺观名。

4 天关：泰山地名，在中关与天门之间。

5 抗峰：高峻的山峰。

6 窈窱（yǎo tiǎo）：幽深。

7 朽兀：干枯木然的样子。

8 白者：白色的东西，指仰望天关上的人形。

可上，四布⁹僵卧石上，有顷复苏，亦赖赍¹⁰酒脯。处处有泉水，目辄为之明。复勉强相将行。

到天关，自以已至也，问道中人，言尚十余里。其道旁山胁¹¹，大者广八九尺，狭者五六尺。仰视岩石、松树，郁郁苍苍，若在云中。俯视溪谷，碌碌¹²不可见丈尺。遂至天门¹³之下。仰视天门，窔辽¹⁴如从穴中视天窗矣。直上七里，赖其羊肠逶迤，名曰环道，往往有缇索¹⁵可得而登也。两从者扶挟¹⁶，前人相牵。后人见前人履底，前人见后人顶，如画重累人矣，所谓摩胸捊石，扪天¹⁷之难也。初上此道，行十余步一休，稍疲，咽唇焦，五六步一休。喋喋¹⁸据顿¹⁹，地不避湿暗，前有燥地，目视而两脚不随。

9　四布：四肢舒展开的样子。

10　赍（jī）：带着。

11　山胁：指登山道路两旁陡峭的山壁。

12　碌碌：石貌。

13　天门：泰山地名，是秦、汉祭天处，即举行封禅仪礼地点。

14　窔（yǎo）辽：深邃幽远。

15　缇索：粗绳。

16　挟：一作"挟"。

17　扪天：摸着天，喻极高。

18　喋喋：通"迭迭"，指多次、不断地。

19　顿：指停下来休息。

早食上，晡[20]后到天门。郭使者[21]得铜物。铜物形状如钟，又方柄有孔，莫能识也，疑封禅具[22]也。得之者汝南召陵[23]人，姓杨名通。东上一里余，得木甲[24]。木甲者，武帝时神也。东北百余步，得封所。始皇立石及阙在南方，汉武在其北。二十余步得北垂圆台[25]，高九尺，方圆三丈所[26]，有两陛，人不得从。上从东陛上。台上有坛，方一丈二尺所，上有方石，四维[27]有距石[28]，四面有阙。乡[29]坛再拜谒，人[30]多置钱物坛上，亦不扫除。国家上见之，则诏书所谓酢[31]梨酸枣[32]狼藉，散钱处数百，币帛[33]具道。诏问其故，主者[34]曰："是武帝封禅至泰山下，未及上，百官为先上跪拜，置梨枣钱于道以求福，即此也。"上曰：

20　晡（bū）：申时，即今午后三时至五时。

21　郭使者：指光武帝派遣修路的黄门谒者郭坚伯。

22　封禅具：指秦、汉举行封禅仪礼所用的器具遗物。

23　汝南召陵：今河南郾城东。

24　木甲：指木制的神像。

25　北垂圆台：坐南朝北的圆形土台，即汉武帝祭天的土台。

26　所：约计之词，等于说"大小""左右"。

27　四维：指祭台的四角。

28　距石：弯曲角形的石块。

29　乡：通"向"，朝着。

30　人：泛指登天门朝拜祭台的人们。

31　酢：同"醋"。酢梨：指烂梨。

32　酸枣：指烂枣。

33　币帛：古以绢帛作货币。

34　主者：指负责管理封所的官员。

"封禅大礼，千载一会，衣冠士大夫何故尔也！"

泰山东上七十里，至天门东南山顶，名曰日观。"日观"者，鸡一鸣时，见日始欲出，长三丈所。"秦观"者，望见长安；"吴观"者，望见会稽；"周观"者，望见齐。黄河去泰山二百余里，于祠所瞻黄河如带，若在山址。山南有庙，悉种柏，干株大者十五六围[35]，相传云汉武所种。小天门有秦时五大夫[36]松，始皇封泰山，逢疾风暴雨，赖得松树，因复其下，封为五大夫。西北有石室。坛以南有玉盘，中有玉龟。山南胁神泉，饮之极清美利人。

日入下去，行数环。日暮时颇雨，不见其道。一人居其前，先知蹈有人，乃举足随之[37]。比至[38]天门下，夜人定[39]矣。

---

35 围：量词，两臂合抱的圆周长。

36 五大夫：秦代勋爵名称，列第九级。

37 "先知"句：谓先用脚试探脚下的路，踩着前面的人的足迹，以确定道路。

38 比至：等到。

39 人定：人们都安息的时候，即谓深夜。

马第伯，东汉初人，生平不详。建武三十二年（公元56年）二月，光武帝刘秀在泰山举行祭祀天地的封禅典礼，马第伯作为一名虎贲郎将，随从参加了本次典礼，并负责前期探查路况。《封禅仪记》是他参加这次典礼的记录。

首先需要明确一点，这篇文字并不为旅游而作，而是出于工作需要所做的记录。由于出自亲身体验，且目的是对泰山路况做详细说明，因此我们今天看来，它很不像记述游山玩水的游记，呈现给我们的是很自然的结构、质朴实在的语言、具体而生动的实况记录，读之如临其境，如历其险。

它为我们了解近两千年前人们攀登泰山的情形，提供了一手的珍贵文献记载。在没有完备基础设施的当年，登顶泰山的艰辛可想而知，如走到最困难的路段时，他写道："两从者扶掖，前人相牵。后人见前人履底，前人见后人顶，如画重累人矣……初上此道，行十余步一休，稍疲，咽唇焦，五六步一休。"此情此景，今天读来都是如在目前，感同身受。

兰亭集序

东晋
王羲之

永和[1]九年，岁在癸丑，暮春之初，会于会稽山阴之兰亭[2]，修禊[3]事也。群贤毕至，少长咸集。此地有崇山峻岭，茂林修竹，又有清流激湍，映带左右，引以为流觞曲水[4]。列坐其次，虽无丝竹管弦之盛，一觞一咏，亦足以畅叙幽情。是日也，天朗气清，惠风和畅。仰观宇宙之大，俯察品类之盛，所以游目骋怀，足以极视听之娱，信可乐也。

夫人之相与，俯仰一世，或取诸怀抱，晤言一室之内；或因寄所托，放浪形骸[5]之外。虽趣舍万殊，静躁不同，当其

1　永和：东晋穆帝年号，公元345—356年。

2　兰亭：位于今浙江绍兴西南。

3　修禊（xì）：古代风俗，三月上旬巳日在水边嬉游，以祛除不祥。曹魏以后，这一天定为三月三日。

4　流觞曲水：把盛酒的杯子放在曲折的流水之中，顺流而下，人们列坐水边，随时取饮。

5　形骸：指身体，形体。

欣于所遇，暂得于己，快然自足，不知老之将至。及其所之既倦，情随事迁，感慨系之矣。向之所欣，俯仰之间，已为陈迹，犹不能不以之兴怀。况修短⁶随化⁷，终期于尽。古人云："死生亦大矣⁸。"岂不痛哉！

每览昔人兴感之由，若合一契，未尝不临文嗟悼，不能喻之于怀。固知一死生为虚诞，齐彭殇⁹为妄作。后之视今，亦犹今之视昔，悲夫！故列叙时人，录其所述。虽世殊事异，所以兴怀，其致一也。后之览者，亦将有感于斯文。

6　修短：指生命的长短。

7　化：造化，指大自然。

8　这句话出自《庄子·德充符》，引用孔子的话。

9　彭殇：彭祖和夭折的儿童。彭祖，古代著名的长寿老人，传说他活到八百岁。见《庄子·齐物论》。

王羲之（321—379），东晋书法家，字逸少，东晋琅琊临沂（今山东临沂）人，定居会稽山阴（今浙江绍兴）。他出身贵族世家，曾任江州刺史、右军将军，被尊为"书圣"，在书法上具有很高的造诣，书风潇洒飘逸。

从书法角度来说，这篇被誉为"天下第一行书"的《兰亭集序》是王羲之的书法代表作，受到世代追摹，后世著名书法家如欧阳询、褚遂良等多有摹本。

从人文学角度来说，它呈现出魏晋时期士大夫群体的精神风貌和

精神追求——寄情于山水，崇尚玄学。全文从集会事由写起，扩展到周边的崇山峻岭、茂林修竹，而后升华至对生死、宇宙等问题的思考，颇多老庄思想的痕迹，体现了魏晋时期人们逐渐提升的对大自然和个体生命的深层次思考和感知，在一定意义上可以称作"人性的苏醒"。通过参考《世说新语》等同时期的文献典籍，我们可以看到王羲之等魏晋士大夫逐渐凸显的对大自然的痴心热爱、对生命流逝的真切感怀以及他们形形色色的面对世界变迁的生活方式。

陶 东
潜 晋

桃花源记

晋太元[1]中，武陵[2]人捕鱼为业。缘溪行，忘路之远近。忽逢桃花林，夹岸数百步，中无杂树，芳草鲜美，落英缤纷。渔人甚异之。复前行，欲穷其林。

林尽水源，便得一山，山有小口，仿佛若有光。便舍船从口入。初极狭，才通人；复行数十步，豁然开朗。土地平旷，屋舍俨然，有良田、美池、桑竹之属。阡陌交通，鸡犬相闻[3]。其中往来种作，男女衣着，悉如外人；黄发[4]垂髫[5]，并怡然自乐。

---

1 太元：东晋孝武帝年号，公元376—396年。

2 武陵：郡名，郡治在今湖南省常德市。

3 鸡犬相闻：语出《老子》："甘其食，美其服，安其居，乐其俗。邻国相望，鸡犬之声相闻，民至老死，不相往来。"

4 黄发：《尔雅》："黄发，寿也。"指头发变黄变白的老年人。

5 垂髫：指儿童。髫，儿童垂下的头发。

见渔人，乃大惊，问所从来，具答之。便要[6]还家，设酒杀鸡作食。村中闻有此人，咸来问讯。自云先世避秦时乱，率妻子[7]邑人来此绝境，不复出焉，遂与外人间隔。问今是何世，乃不知有汉，无论魏晋。此人一一为具言所闻，皆叹惋。余人各复延[8]至其家，皆出酒食。停数日，辞去。此中人语云："不足为外人道也。"

既出，得其船，便扶向路，处处志之。及郡下，诣太守说如此。太守即遣人随其往，寻向所志，遂迷，不复得路。

南阳[9]刘子骥[10]，高尚士也，闻之，欣然规往。未果，寻病终。后遂无问津者。

6　要（yāo）：通"邀"。

7　妻子：这里指妻子和子女。

8　延：邀请。

9　南阳：郡名，郡治在今河南省南阳市。

10　刘子骥：名骥之，当时的隐士，好游山水。见《晋书·隐逸传》。

陶潜（365或376—427），字渊明，一字元亮，世称靖节先生，浔阳柴桑（今江西九江市西南）人。曾任江州祭酒、镇军参军，四十一岁时任彭泽令，到任八十多天，因不愿意"为五斗米折腰"而辞官归隐。他是中国古代最著名的田园隐逸诗人，其诗风淡雅自然，散文淳朴流畅、干净利落，表现朴素、恬静、淡泊的意趣。

本文是《桃花源诗》前小记，通过一位经历奇遇的渔夫的视角描绘了一个恬静、美好的世外桃源，细致介绍了男女老少的日常生活情景和他们的思想状况——"不知有汉，无论魏晋"，在一定程度上寄托了作者归隐田园、与世无争的生活理想。这篇文章风格平实，叙事从容而有条理，首尾呼应，营造出恬淡宁静的世外桃源的画面。

根据历史学家陈寅恪先生的研究，这篇文章虽然属于虚构类，但是它也从侧面真实反映了魏晋时期的真实历史情景——不少百姓为躲避战乱隐居深山，营造坞壁，过着与世隔绝的生活。作者笔下的桃源生活生机盎然，富有质朴亲切的人情味，千百年来受到人们的推崇和喜爱。

登大雷岸[1]

与妹书

南朝宋 鲍照

吾自发寒雨，全行日少。加秋潦[2]浩汗，山溪猥[3]至，渡溯[4]无边，险径游历。栈石星饭[5]，结荷水宿，旅客贫辛，波路壮阔。始以今日食时，仅及大雷。途登千里，日逾十晨。严霜惨节，悲风断肌。去亲为客，如何如何！

向因涉顿，凭观川陆，遨神清渚，流睇方曛。东顾三洲[6]之隔，西眺九派之分。窥地门[7]之绝景，望天际之孤云，长图大念，隐心者久矣。

---

1 大雷：今安徽省望江县，位于长江北岸，晋、宋时期为长江沿线战略要地，称"大雷戍"。

2 潦（lǎo）：《说文》："潦，雨水大貌。"指道路积水多。

3 猥：众多。

4 溯：逆流而上。

5 栈石星饭：在石壁上铺栈道，在星星边上吃饭，形容山势高峻。

6 三洲：在淮河流域，位置待考。这里用《诗经·小雅·鼓钟》"鼓钟伐鼛，淮有三洲"语意，借指在淮河流域的作者家乡东海（今江苏省涟水县）。

7 地门：指陕西武关，《河图括地象》："武关山为地门。"

南则积山万状，负气争高，含霞饮景，参差代雄，凌跨长陇，前后相属，带天有匝，横地无穷；东则砥原远隰[8]，亡端靡际，寒蓬夕卷，古树云平，旋风四起，思鸟群归，静听无闻，极视不见；北则陂[9]池潜演，湖脉通连，苎[10]蒿攸积，菰芦所繁，栖波之鸟，水化之虫[11]，智吞愚，强捕小，号噪惊聒，纷牣[12]其中；西则回江永指，长波天合，滔滔何穷，漫漫安竭。创古迄今，舳舻[13]相接，思尽波涛，悲满潭壑，烟归八表，终为野尘；而是注集，长写不测，修灵浩荡[14]，知其何故哉？

西南望庐山，又特惊异。基压江潮，峰与辰汉相接。上常积云霞，雕锦缛，若华夕曜[15]，岩泽气通，传明散彩，赫似绛天。左右青霭，表里紫霄。从岭而上，气尽金光，半山以下，纯为黛色。信可以神居帝郊，镇控湘、汉者也。

8　隰（xí）：《说文》："阪下湿也。"指低湿的地方。

9　陂（bēi）：池塘。

10　苎（zhù）：苎麻，草本植物，皮可用来织布。

11　水化之虫：指鱼类。《说文》："鱼，水虫也。"

12　牣（rèn）：充满。《说文》："牣，满也。"

13　舳舻（zhú lú）：舳，船头。舻，船尾。

14　浩荡：心无所思的样子，犹言荒唐，《离骚》："怨灵修之浩荡。"

15　若华夕曜：若华，指太阳。这里说的是晚霞夕照。

若潨洞[16]所积，溪壑所射，鼓怒之所豗[17]击，涌澓[18]之所宕涤。则上穷荻[19]浦，下至豨[20]洲，南薄燕派，北极雷淀[21]，削长埤[22]短，可数百里。其中腾波触天，高浪灌日，吞吐百川，写泄万壑，轻烟不流，华鼎振溚[23]；弱草朱靡，洪涟陇蠠，散涣长惊，电透箭疾；穹滗崩聚，坻飞岭覆，回沫冠山，奔涛空谷；砧石为之摧碎，碕岸为之齑落。仰视大火[24]，俯听波声，愁魄胁息，心惊慓矣。

至于繁化殊育，诡质怪章，则有江鹅、海鸭、鱼鲛、水虎之类，豚首、象鼻、芒须、针尾之族，石蟹、土蚌、燕箕、雀蛤之俦，折甲、曲牙、逆鳞、反舌之属。掩沙涨，被草渚，浴雨排风，吹涝弄翮[25]。夕景欲沉，晓雾将合，孤鹤寒啸，游鸿远吟，樵苏[26]一叹，舟子再泣，诚足悲忧，不可说也。

---

16 潨（cóng）洞：《说文》："小水入大水曰潨"，"洞，水疾流也"。

17 豗（huī）：互相冲撞。

18 澓（fú）：回流。

19 荻：芦苇一类草本植物。

20 豨（xī）：野猪。

21 淀：浅湖泊。

22 埤（pí）：《说文》："埤，增也。"

23 溚（tà）：水沸溢。

24 大火：星宿名，即心宿。《诗经·豳风·七月》："七月流火。"

25 翮（hé）：《说文》："翮，羽茎也。"这里指翅膀。

26 樵苏：指樵夫。砍柴曰樵，割草曰苏。

风吹雷飙[27]，夜戒前路，下弦[28]内外，望达所届[29]，寒暑难适，汝专自慎，夙夜戒护，勿我为念。恐欲知之，聊书所睹。临途草蹙[30]，辞意不周。

27　飙（biāo）：暴风。

28　下弦：农历每月二十三日前后，月相呈弦弓形。

29　所届：目的地。

30　草蹙：这里是说信写得潦草仓促。

　　鲍照（约414—466），南朝宋文学家，字明远，东海（郡治今山东郯城北）人。他出身寒微，以文才得到临川王刘义庆的赏识，至其门幕下，担任侍郎，宋文帝时为中书舍人。后随临海王刘子顼至荆州，任前军参军，掌书记。明帝泰始二年（公元466年），临海王起兵被杀，鲍照死于乱军之中。他是六朝时期与谢灵运、颜延之齐名的重要诗人，诗风俊逸，兼工乐府诗、骈体文，有《鲍参军集》。

　　这是一封鲍照写给妹妹鲍令晖的家书。他在前往江州的途中，行经大雷戍时，向胞妹介绍"途登千里，日逾十晨"之后的旅途观感。

信的开头先是简单的寒暄，介绍食宿、路况等日常信息之后，就把沿途目见耳闻的山水风光等做了细致精彩的描绘。先是以大雷岸为中心，按照南、东、北、西的顺序，分别介绍了目光所及的万状群山、无际平原、湖泊陂池、浩荡长江，全面描绘了四周的独特地貌和不同观感。

　　作者是作赋高手，这封家信也证实了这一点，文采锦绣，刻画精微，叙述流畅，境界阔大，动静结合，包含了丰富的自然地理信息。尤其值得注意的是，这封书信还寄寓了作者对身世和现实境遇的感慨，寄情于景，情感深挚，别有意味。

答谢中书书[1]

南朝梁

陶弘景

山川之美，古来共谈。高峰入云，清流见底。两岸石壁，五色交辉[2]。青林翠竹，四时俱备。晓雾将歇，猿鸟乱[3]鸣；夕日欲颓，沉鳞[4]竞跃。实是欲界[5]之仙都[6]。自康乐[7]以来，未复有能与[8]其奇者。

---

1 谢中书：即谢微，字元度，陈郡阳夏（河南太康）人，曾任中书鸿胪（掌朝廷机密文书），所以称为谢中书。

2 五色交辉：形容石壁色彩斑斓。五色，古代以青、黄、黑、白、赤为正色。交辉，交相辉映。

3 乱：此起彼伏。

4 沉鳞：潜游水中的鱼。

5 欲界：佛家语，佛教把世界分为欲界、色界、无色界。欲界是没有摆脱世俗七情六欲的众生所处境界，即指人间。

6 仙都：仙人所在的美好世界。

7 康乐：南朝刘宋诗人谢灵运，袭祖父爵位，封康乐公。

8 与（yù）：参与，这里有欣赏领略之意。

陶弘景（456—536），字通明，丹阳秣陵（今江苏南京）人，南朝齐、梁时期著名隐士，研修道术，博学通识，钟爱山水。梁武帝时常写信给他咨询政事，时称"山中宰相"。谥"贞白先生"。有《陶隐居集》。

《答谢中书书》是作者寄给谢微谈山水之美的一封回信。全文结构巧妙，语言精奇。短短六十八字，即已集江南之美于一身，切切实实地道出了山川之自然美。

起首一句"山川之美，古来共谈"，平和自然，立意高远；接下来"高峰入云，清流见底"至"夕日欲颓，沉鳞竞跃"，不足五十个字，山川草木、飞禽走兽，无不跃然在目，鲜活如生，形态各异，却浑然一体。此文堪称精美的山水小品文，相对于长篇诗文，它的结构更加精密，趣味更加雅致，可以说描绘了典型的东南山水胜境。

华山[1]

郦道元 北魏

左丘明[2]《国语》云：华岳本一山当河，河水过而曲行，河神巨灵[3]，手荡[4]脚蹋，开而为两，今掌足之迹仍存华岩[5]。《开山图》[6]曰：有巨灵胡者，遍得坤元之道[7]，能造山川，出江河，所谓"巨灵赑屃，首冠灵山"者也[8]。常有好事之士，故升华岳而观厥迹焉。

自下庙[9]历列柏南行十一里，东回三里，至中祠；又西南出五里，至南祠，谓之北君祠。诸欲升山者，至此皆祈请焉。从此

1　华山：在陕西省东部，北临渭河平原，属秦岭东段。

2　左丘明：相传为春秋时期鲁国的史官，《国语》作者。

3　巨灵：神话传说中劈开华山的河神。

4　荡：动摇，推动。

5　"开而"二句：谓巨灵把古华山分开为两座山，他的手印脚迹至今仍然留存着。

6　开山图：指《华岩开山图》，东汉纬书名。

7　坤元之道：阴阳家语，谓创造天地万物的法术。

8　"所谓"句：引文有错误，作者本意似是要引汉代张衡《西京赋》"巨灵赑屃，高掌远跖"二句，但是误记了左思《吴都赋》"巨鳌赑屃，首冠灵山"二句，所以就混记成"巨灵赑屃，首冠灵山"。

9　下庙：指西岳庙，在华阴市东五里华山下。

南入谷七里，又届一祠，谓之石养父母，石龛、木主[10]存焉。又南出一里至天井[11]。井裁[12]容人，穴空，迂回顿曲[13]而上，可高六丈余。山上又有微涓细水，流入井中，亦不甚沾人。上者皆所由陟，更无别路。欲出井望空，视明如在室窥窗也。

出井东南行二里，峻坂斗上斗下。降此坂二里许，又复东上百丈崖，升降皆须扳绳挽葛而行矣。南上四里，路到石壁，缘旁稍进，径百余步。自此西南出六里，又至一祠，名曰胡越寺。神像有童子之容。从祠南历夹岭，广裁三尺余，两箱[14]悬崖数百仞[15]，窥不见底祀祠有感，则云与之平，然后敢度，犹须骑岭抽身，渐以就进，故世谓斯岭为搦岭[16]矣。度此二里，便届山顶，上方七里，灵泉二所：一名蒲池，西流注于涧；一名太上泉，东注涧下。上宫神庙近东北隅，其中塞实杂物，事难详载。自上宫东北出四百五十步，有屈岭，东南望巨灵手迹，惟见洪崖、赤壁而已，都无山下上观之分均矣。

10　木主：指石养父母的木偶像。

11　天井：山洞名，是古时登华山顶峰的洞穴通道。

12　裁：通"才"。

13　顿曲：拐弯陡折。

14　箱：通"厢"，两箱：谓夹岭两边山崖。

15　仞：古时一仞约今七尺或八尺。

16　搦（nuò）岭：意谓捉弄人的山岭。

郦道元（约470—527），字善长，范阳涿县（今河北涿州）人。仕北魏，官至安南将军、御史中尉。平生好学博览，在各地访渎搜渠，留心观察水道和风土文物，撰《水经注》四十卷。此书既是内容丰富多彩的地理著作，也是优美的散文集。

本文是从《水经注·河水》中节选的描写华山的部分，主要记述了当时攀登华山的具体路程和沿途景物的有关神话传说，叙述清晰，文字简洁，细致周详。值得称道的是，对传说中的神灵，在叙述的时候不时使用轻松的笔调，表现出姑妄言之的态度，不让读者觉得特别惊悚。比如在山顶上望仙人手迹时就直率地说只见一片山崖岩壁，根本没有灵迹。

文中对升天井、度搦岭的描写，则另有一种生动情趣。作者的经历告诉我们，面对艰难险阻时，只要心里不畏惧，勤于思考，勇于攀登，就能翻越险地，到达景致奇绝之地，览尽美丽风光。所以，这一段记述登华岳的注文不仅提供了一个关于"自古华山一条路"的早期历史文献记载，也可以看作一篇富有情趣的探险游记。

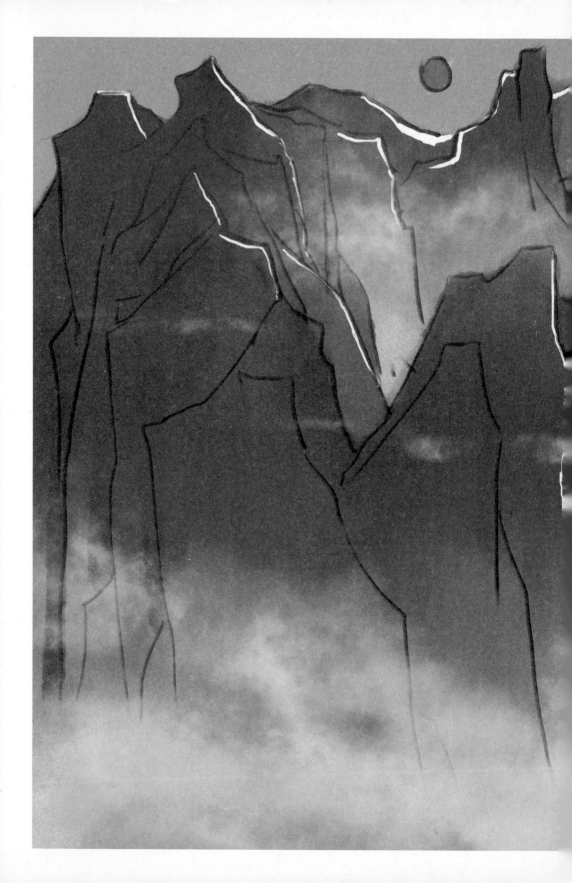

三峡 [1]

北魏 郦道元

自三峡七百里中，两岸连山，略无[2]阙[3]处，重岩叠嶂，隐天蔽日。自非亭午[4]夜分，不见曦月。

至于夏水襄陵[5]，沿泝阻绝。或王命急宣，有时朝发白帝[6]，暮到江陵[7]，其间千二百里，虽乘奔御风，不以疾也。春冬之时，则素湍绿潭，回清倒影[8]。绝𪩘[9]多生怪柏，悬泉瀑布，

---

1 三峡：重庆市至湖北省间的瞿塘峡、西陵峡和巫峡的总称。

2 略无：毫无。

3 阙：同"缺"，空隙、缺口。

4 亭午：正午。亭，正。

5 襄陵：指水漫上山陵。《尚书·尧典》："荡荡怀山襄陵，浩浩滔天。"

6 白帝：古城名，故址在今重庆奉节东瞿塘峡口。

7 江陵：古城名，在今湖北荆州江陵区。

8 回清倒影：回旋的清流中倒映出两岸景物的影子。

9 绝𪩘（yǎn）：极高的山顶。

飞漱[10]其间，清荣峻茂[11]，良多趣味。每至晴初霜旦，林寒涧肃，常有高猿长啸，属引凄异，空谷传响，哀转久绝。故渔者歌曰："巴东[12]三峡巫峡长，猿鸣三声泪沾裳。"

10 飞漱：飞速地往下冲荡。漱：冲荡。
11 清荣峻茂：水清山峻，草木茂盛。
12 巴东：汉郡名，在今重庆东部云阳、奉节、巫山一带。

作者简介见《华山》。

这是一篇明丽清新的山水散文，写出了长江三峡雄伟险峻的形势、富有特色的四季风光，从重岩叠嶂的群山到隐天蔽日的树木，再到绿潭飞瀑、猿啸空谷，呈现出千里江山图中一帧壮丽奇秀的水墨画。作者叙述严谨，井然有序，用语讲究言简意赅，富有美感。

自古至今，描写三峡风景的文字很多，可是总体来看，这篇还是其中的典范之作，虽然历经千年，今天读起来，眼前呈现的依旧是诗仙笔下"两岸猿声啼不住，轻舟已过万重山"的绝世奇景。

滕王阁序（节选）

唐 王勃

时维九月[1]，序属三秋[2]。潦水尽而寒潭清，烟光凝而暮山紫。俨骖騑于上路[3]，访风景于崇阿。临帝子[4]之长洲，得仙人之旧馆。层峦耸翠，上出重霄；飞阁流丹，下临无地。鹤汀凫渚，穷岛屿之萦回[5]；桂殿兰宫，列冈峦之体势。

披绣闼，俯雕甍[6]：山原旷其盈视[7]，川泽盱其骇瞩[8]。闾

---

1 时维九月：指当时正是深秋九月。维，句中语气词。

2 三秋：这里指秋天的第三个月，即九月。

3 俨骖騑（cān fēi）于上路：驾车在高而阔的道路上前行。

4 帝子：指滕王李元婴。

5 鹤汀凫渚（fú zhǔ），穷岛屿之萦回：鹤、野鸭止息的水边平地和小洲，极尽岛屿曲折回环的景致。

6 披绣闼（tà），俯雕甍（méng）：打开精美的阁门，俯瞰雕饰的屋脊。

7 盈视：极目遥望，满眼都是。

8 骇瞩：对看到的景物感到惊讶。

阎[9]扑地，钟鸣鼎食[10]之家；舸舰弥津，青雀黄龙之舳[11]。虹销雨霁，彩彻云衢。落霞与孤鹜齐飞，秋水共长天一色。渔舟唱晚，响穷彭蠡[12]之滨；雁阵惊寒，声断衡阳之浦[13]。

遥吟俯畅，逸兴遄[14]飞。爽籁[15]发而清风生，纤歌凝而白云遏。睢园[16]绿竹，气凌彭泽[17]之樽；邺水朱华[18]，光照临川之笔[19]。四美[20]具，二难并。穷睇眄[21]于中天，极娱游于暇日。天高地迥，觉宇宙之无穷；兴尽悲来，识盈虚之有数。望长安于日下，指吴会[22]于云间。地势极而南溟[23]深，天柱[24]高而

9　阎阎：里门，这里代指房屋。

10　钟鸣鼎食：指大家世族，因古代贵族吃饭时要鸣钟列鼎。

11　舳：船端，这里引申为船。

12　彭蠡（lǐ）：古代大泽，即鄱阳湖。

13　声断衡阳之浦：鸣声到衡阳之浦而止。相传衡阳有回雁峰，雁至此就不再向南。

14　遄（chuán）：快，迅速。

15　爽籁：爽指发音清脆。籁，排箫，一种由多根竹管编排而成的管乐器。

16　睢（suī）园：西汉梁孝王在睢水旁修建的竹园，他常和一些文人在此饮酒赋诗。

17　彭泽：指陶渊明。

18　邺（yè）水朱华：邺城在今河北临漳，是曹魏兴起之地。曹植在这里作《公宴诗》，有一句是"朱华冒绿池"。

19　临川之笔：指谢灵运，他曾任临川（今属江西）内史。

20　四美：指良辰、美景、赏心、乐事。

21　睇眄（dì miǎn）：斜视，指目光上下左右浏览。

22　吴会：吴地的古称。

23　南溟：南方之大海。

24　天柱：《神异经》说，昆仑山上铜柱，高入天穹，叫作"天柱"。

北辰[25]远。关山难越，谁悲失路之人？萍水相逢，尽是他乡之客。怀帝阍[26]而不见，奉宣室[27]以何年！

呜呼！时运不齐[28]，命途多舛[29]。冯唐[30]易老，李广难封[31]。屈贾谊于长沙[32]，非无圣主；窜梁鸿[33]于海曲[34]，岂乏明时？所赖君子安贫，达人知命。老当益壮，宁知白首之心？穷且益坚，不坠青云之志[35]。酌贪泉[36]以觉爽，处涸辙[37]以犹欢。北海虽赊[38]，扶摇[39]可接；东隅[40]已逝，桑榆[41]非晚。孟尝[42]高洁，空怀报国之心；阮籍[43]猖狂，岂效穷途之哭？

---

25 北辰：北极星，这里指国君。

26 帝阍（hūn）：原指天帝的守门者。这里指皇帝的宫门。

27 宣室：汉未央宫前殿正室叫宣室。汉文帝曾在此接见贾谊，谈话到半夜。

28 时运不齐：命运有好有坏。

29 舛（chuǎn）：不顺。

30 冯唐：西汉人，有才能却一直不受重用。汉武帝时求贤良，有人举荐冯唐，他已九十多岁。

31 李广难封：汉武帝时名将李广抗击匈奴多年，功劳卓越，却终身没有封侯。

32 屈贾谊于长沙：汉文帝本想任贾谊为公卿，因朝中权贵反对，就让贾谊做了长沙王太傅。

33 梁鸿：东汉人，因作诗讽刺君王得罪了汉章帝，被迫逃到齐鲁一带躲避。

34 海曲：海边偏远处。

35 青云之志：比喻远大崇高的志向。

36 贪泉：古代传说广州有水名贪泉，人喝了会变贪婪。

37 处涸辙：指鲋鱼在干涸的车辙里生命垂危。见《庄子·外物》。

38 赊：遥远。

39 扶摇：旋风。见《庄子·逍遥游》。

40 东隅：指日出的地方。

41 桑榆：指日落的地方。古代有"失之东隅，收之桑榆"之说。

42 孟尝：东汉人，为官清正贤能，但未被重用。

43 阮籍：曹魏时期名士。他有时独自驾车出行，到无路处就恸哭而返。

勃三尺微命，一介书生。无路请缨[44]，等终军之弱冠；有怀投笔，慕宗悫[45]之长风。舍簪笏[46]于百龄，奉晨昏于万里。非谢家之宝树[47]，接孟氏之芳邻。他日趋庭，叨[48]陪鲤对[49]；今晨捧袂[50]，喜托龙门[51]。杨意[52]不逢，抚凌云[53]而自惜；钟期[54]既遇，奏流水以何惭？

呜呼！胜地不常，盛筵难再；兰亭已矣，梓泽[55]丘墟。临别赠言，幸承恩于伟饯；登高作赋[56]，是所望于群公。敢竭鄙诚，恭疏短引；一言均赋，四韵俱成。请洒潘江，各倾陆海[57]云尔。

---

44 请缨：指投军报国。《汉书·终军传》："军自请，愿受长缨，必羁南越王而致之阙下。"

45 宗悫（què）：南朝宋人，少年时很有抱负，说"愿乘长风破万里浪"。

46 簪笏：这里指官职。笏：朝见皇帝时用来记事的手版。

47 谢家之宝树：指谢玄。

48 叨：惭愧地承受，谦词。

49 鲤对：孔鲤是孔子的儿子，鲤对指接受父亲教诲。见《论语·季氏》。

50 捧袂（mèi）：举起双袖作揖，指谒见阎公。

51 龙门：地名，在今山西河津西北的黄河中，两岸夹山，水险流急，相传鲤鱼跃过龙门则变为飞龙。

52 杨意：即蜀人杨得意，任掌管天子猎犬的官，西汉辞赋家司马相如是由他推荐给汉武帝的。

53 凌云：指司马相如的赋。

54 钟期：即钟子期。《列子·汤问》说，俞伯牙弹琴，钟子期能听出他是"志在高山"还是"志在流水"，遂成知音。

55 梓（zǐ）泽：金谷园的别称，为西晋石崇所建，故址在今河南洛阳北。

56 登高作赋：《韩诗外传》卷七："孔子曰：君子登高必赋。"

57 潘江、陆海：以江海之浩瀚比喻晋代文人潘岳和陆机的才华横溢。钟嵘《诗品》："陆才如海，潘才如江。"

　　王勃（约650—约676），字子安，绛州龙门（今山西河津）人。王勃的祖父是隋末大学者文中子王通。王勃曾被誉为神童，当过朝散郎、沛王府修撰，后因戏作《檄英王斗鸡文》触怒唐高宗而被逐出王府。上元二年（675），王勃南下交趾探亲，溺水惊悸而死。王勃与杨炯、卢照邻、骆宾王以诗文并称"初唐四杰"，有《王子安集》。

　　滕王阁旧址在江西新建县故城西章江门上，面临大江，唐永徽四年（653），滕王李元婴为洪州都督时所建。上元二年（675）重阳节，洪州牧阎伯屿与僚属在阁上聚会，王勃省父恰好路过南昌，参与了这次宴会，故作此序。

　　《滕王阁序》是广为传颂的骈文名篇，誉满天下，文词华美，层次井然，结构清晰，典故允当。从结构上看，它是由南昌的地理形势联系到这里的人文积淀、俊士英杰，再逐渐延伸到对古今士大夫坎坷境遇的感慨，例数若干先贤的悲怆遭遇后回到自己的切身感受，读之令人动容。

　　作者遣词造句极具才华，看似平实的语句每每出人意表，相传宴会东道主阎公听到"落霞与孤鹜齐飞，秋水共长天一色"时就称赞"此真天才，当垂不朽矣"。赏读之下，文章醋畅的气势、浑融的意境令人不禁赞叹。

梦游天姥[1]吟留别

唐 李白

海客谈瀛洲[2]，烟涛微茫信难求。

越人语天姥，云霓明灭或可睹。

天姥连天向天横[3]，势拔五岳掩赤城[4]。

天台[5]四万八千丈，对此欲倒东南倾。

我欲因之梦吴越，一夜飞度镜湖[6]月。

湖月照我影，送我至剡溪[7]。

谢公宿处今尚在，渌[8]水荡漾清猿啼。

---

1 天姥（mǔ）山：位于浙江新昌东边。

2 瀛洲：传说中东海的三座仙山之一。

3 横：直插。

4 赤城：山名，位于浙江天台县西北。

5 天台（tāi）：山名，在浙江天台县北部。

6 镜湖：又名鉴湖，在浙江绍兴南边。

7 剡（shàn）溪：水名，在浙江嵊州南边。

8 渌（lù）：一作"绿"。

脚著谢公屐⁹，身登青云梯。

半壁见海日，空中闻天鸡¹⁰。

千岩万转路不定，迷花倚石忽已暝。

熊咆龙吟殷¹¹岩泉，慄深林兮惊层巅。

云青青¹²兮欲雨，水澹澹¹³兮生烟。

列缺¹⁴霹雳，丘峦崩摧。

洞天¹⁵石扉¹⁶，訇然¹⁷中开。

青冥¹⁸浩荡不见底，日月照耀金银台¹⁹。

霓为衣兮风为马，云之君兮纷纷而来下。

虎鼓瑟兮鸾回车，仙之人兮列如麻。

忽魂悸²⁰以魄动，恍惊起而长嗟。

---

9 谢公屐（jī）：谢灵运穿的特制的木屐，屐底装有活动的齿，上山时去掉前齿，下山时去掉后齿，见《南史·谢灵运传》。

10 天鸡：古代传说，东南有桃都山，山上有棵大树叫桃都，树枝绵延三千里，树上栖有天鸡，每当太阳初升，照到这棵树上，天鸡就叫起来，天下的鸡也都跟着它叫。见《述异记》。

11 殷：这里用作动词，震响。

12 青青：黑沉沉的。

13 澹澹：波浪起伏、流水迂回的样子。

14 列缺：指闪电。

15 洞天：仙人居住的洞府。

16 洞天：仙人居住的洞府。

17 訇（hōng）然：形容声音很大。

18 青冥：指天空。

19 金银台：金银铸成的宫阙，神仙居住的地方。

20 悸：心跳。

惟觉时之枕席，失向来之烟霞。

世间行乐亦如此，古来万事东流水。

别君去兮何时还？且放白鹿[21]青崖[22]间，须[23]行即骑访名山。

安能摧眉折腰事权贵，使我不得开心颜。

---

21 白鹿：传说神仙或隐士多骑白鹿。
22 青崖：青山。
23 须：等待。

李白（701—762），字太白，号青莲居士，祖籍陇西成纪（今甘肃秦安），隋末其先人流寓碎叶（今吉尔吉斯斯坦北部托克马克城附近），李白在那里出生。幼年时随父亲迁居绵州昌隆（今四川江油），二十五岁离蜀，长期在各地漫游。玄宗时曾为翰林供奉，后因得罪权贵遭排挤而离开长安，安史之乱中曾为永王李璘幕僚，因李璘失败牵累而流放夜郎，中途遇赦东还。晚年漂泊困顿，病死于当涂。其诗风雄奇豪放，想象丰富，高妙清逸，语言流转自然，音律和谐多变，富有积极浪漫主义精神，世称其为"诗仙"。有《李太白集》。

这首记述梦游天姥山的诗是李白诗歌的代表作之一，它属于唐代流行一时的游仙诗。天宝三载（744），李白被唐玄宗赐金放还，仕途上遭遇重大挫折。离开长安后，李白和杜甫、高适同游中原大地，访道求仙，终无所获，在山东落脚，一段时间之后再次踏上漫游旅程。这首诗就是他离开山东时所作。

全诗第一句就介绍了求仙之旅的无果而终——"海客谈瀛洲，烟涛微茫信难求"，然后把希望寄托于"或可睹"的天姥山。李白浪漫新奇的思绪在这一刻插上了想象的翅膀，在梦境中穿越时空，来到了千里之外的吴越大地，追寻南朝著名诗人谢灵运的故址、足迹，穿着举世闻名的谢公屐，登临天姥山，放飞自我，纵横驰骋，天上的神仙也驾着飞鸾陪着他纵情山水，来一轮无拘无束的逍遥游，给郁闷压抑的内心世界做一次充分的释放。

这首诗写梦游奇境，并不是在写科幻，对仙山幻境虚无缥缈的描述中依然贯穿着现实带给他的无尽感伤、难解心结——"安能摧眉折腰事权贵，使我不得开心颜。"全诗内容丰富曲折，想象富于奇谲，艺术形象辉煌流丽，炫酷多姿，带着十足的诗仙气质。

山中与裴秀才迪书[1]

唐 王维

　　近腊月下，景气和畅，故山[2]殊可过。足下方温经，猥[3]不敢相烦，辄便往山中，憩感配寺，与山僧饭讫[4]而去。

　　北涉玄[5]灞[6]，清月映郭。夜登华子冈[7]，辋水[8]沦涟，与月上下。寒山远火，明灭林外。深巷寒犬，吠声如豹。村墟夜舂，复与疏钟相间。此时独坐，僮仆静默，多思曩[9]昔，携手赋诗，步仄径，临清流也。

1　秀才：唐代初年科举考试的科目之一，也用作才学之士的通称。

2　故山：旧居的山林，指王维的"辋川别业"。

3　猥：谦称。

4　讫：完。

5　玄：黑色，指水深绿发黑。

6　灞：灞水，源出蓝田东，西南入蓝水，又折入辋水。

7　华子冈：王维辋川别业中的一处胜景。

8　辋（wǎng）水：即辋川，在蓝田南。

9　曩（nǎng）：从前。

当待春中，草木蔓发，春山可望，轻鲦 [10] 出水，白鸥矫翼 [11]，露湿青皋 [12]，麦陇朝雊 [13]，斯之不远，倘能从我游乎？非子天机清妙者，岂能以此不急之务相邀。然是中有深趣矣！无忽。

因驮黄檗 [14] 人往，不一 [15]，山中人王维白。

---

10 轻鲦（tiáo）：鱼名，身体狭长，游动轻捷。

11 矫翼：张开翅膀。矫，举。

12 皋：水边高地。

13 雊（gòu）：野鸡鸣叫。

14 黄檗（bò）：一种落叶乔木，果实和茎内皮可入药。茎内皮为黄色，也可做染料。

15 不一：古人书信结尾常用语，不一一详述之意。

　　王维（701？—761），字摩诘，太原祁（今山西祁县）人，开元九年（721）进士，天宝十五载（756）安禄山叛乱时曾为叛军俘获，被迫接受伪官，平定之后降职为太子中允。官至尚书右丞，中年后居蓝田辋川。王维工书画，善诗文，通音律，是盛唐著名的山水田园诗人。有《王右丞集》。

　　这是一封书信，也是一则精美的山水小品文。信中写寒冬之夜归山时空寂的景物："寒山远火，明灭林外。深巷寒犬，吠声如豹。村墟夜舂，复与疏钟相间。"令人感到冬夜的寒意和寂寞空旷。紧接着就转向了对春天景色的畅想："草木蔓发，春山可望，轻鲦出水，白鸥矫翼，露湿青皋，麦陇朝雊。"他把辋川春季的景色写得生机勃勃，有声有色，充满浓浓的春意。全文既充满山林逸趣，又饱含人间气息。正如苏轼所说，王维的诗作"诗中有画，画中有诗"，他的文章也是一样，令人回味无穷。

右溪记[1]

唐 元结

道州城西百余步，有小溪。南流数十步，合营溪[2]。水抵[3]两岸，悉皆怪石，攲嵌[4]盘屈，不可名状[5]。清流触石，洄悬激注。佳木异竹，垂阴相荫。此溪若在山野，则宜逸民退士[6]之所游处；在人间，则可为都邑之胜境，静者之林亭。而置州[7]已来，无人赏爱。徘徊溪上，为之怅然。乃疏凿芜秽[8]，俾[9]为

---

1 右溪：唐代道州城西的一条小溪。道州时属江南西道，治所在今湖南道县。古以东为左，西为右，此溪在城西，所以作者取名"右溪"。

2 营溪：谓营水，源出今湖南宁远，西北流经道县，北至零陵，西入湘水。

3 抵：击拍。

4 攲嵌（qī qiàn）：石块错斜嵌插溪岸的样子。

5 名状：描述它们的状态。

6 逸民退士：指不仕的隐者和归隐的官宦。

7 置州：谓唐朝设置道州。唐高祖武德四年（621）设置南营州，太宗贞观八年（634）改为道州，玄宗天宝元年（742）改设江华郡，肃宗乾元元年（758）复称道州。

8 疏凿芜秽：疏通水道，开挖乱石，去除荒草杂树。

9 俾（bǐ）：使。

亭宇[10]。植松与桂，兼之[11]香草，以裨[12]形胜。为溪在州右，遂命之曰"右溪"。刻铭石上，彰示来者。

10　亭宇：亭子、房屋。

11　兼之：并且在这里种植。

12　裨（bì）：补助，增添。

　　元结（719—772），字次山，号漫郎、聱叟，河南鲁山（今河南鲁山县）人。元结少时不羁，十七岁师从元德秀学文，天宝十二载（753）进士及第。安史之乱中，曾率族人避难于猗玕洞（今湖北大冶境内），因号猗玕子。乾元二年（759），唐肃宗召其进京问策，元结上《时议》三篇，受到赏识，后奉命抗击史思明叛军，保全十五城。唐代宗时，任道州刺史。大历七年（772）卒于长安，赠礼部侍郎。明人辑有《元次山文集》。

　　本文是一篇简短精致的题记，开头就说："水抵两岸，悉皆怪石。攲嵌盘屈，不可名状。清流触石，洄悬激注。佳木异竹，垂阴相荫。"很简单的几句话，就把小溪附近的环境写得洁净清幽，引人入胜。在不为人注意的地方，居然怪石流水兼有，缓流急湍具备，加上周围繁茂成荫的树木，作者很准确地抓住了四周景物的主要特点，通过不同角度的描写，使得小溪的整体情境跃然纸上。

　　后面作者还写了由小溪引起的感慨："此溪若在山野，则宜逸民退士之所游处；在人间，则可为都邑之胜境，静者之林亭。而置州已来，无人赏爱。徘徊溪上，为之怅然。"展现了作者的身世之感和隐逸情怀。作者还对小溪做了修整，建亭宇、种香草，并刻石叙述来历，昭示将来。

慧山寺新泉记

唐
独孤及

此寺居吴西神山[1]之足。山多小泉，其高可凭而上。山下灵池异花[2]，载在方志。山上有真僧隐客遗事故迹，而披胜录异者，贱近不书。无锡令敬澄字深源，以割鸡之余[3]，考古案图，葺而筑之，乃饰乃圬。有客竟陵陆羽，多识名山大川之名，与此峰白云相与为宾主。乃稽厥创始之所以而志之，谈者然后知此山之方广，胜掩他境。

其泉伏涌潜泄，潨潀[4]舍下，无沚无窦，蓄而不注。深源因地势以顺水性，始双垦衺丈之沼，疏为悬流，使瀑布下

1　吴西神山：慧山的别名，据陆羽《游慧山寺记》说其名出自老子《枕中记》。
2　灵池异花：指慧山寺方池中的莲花。
3　割鸡之余：县令治事之余。出自《论语·阳货》："割鸡焉用牛刀。"
4　潨潀（jǐ nǐ）：水翻腾声。

钟。甘溜湍激，若酾⁵醴乳。喷发于禅床，周于僧房，灌注于德地⁶，经营于法堂。潺潺有声，聆之耳清。濯其源，饮其泉，能使贪者让，躁者静，静者勤道，道者坚固，境净故也。夫物不自美，因人美之，泉出于山，发于自然，非夫人疏之凿之之功，则水之时用不广。亦犹无锡之政烦民贫，深源导之，则千室襦裤⁷。仁智之所及，动用之所格，动若响答，其揆一也。予饮其泉而悦之，乃志美于石。

5　酾（shī）：沥酒、斟酒。

6　德地：指井。《易·系辞》："井，德之地也。"

7　襦裤：东汉廉范为蜀郡太守，政治清明，百姓富庶，时人作歌颂扬之："廉叔度，来何暮？不禁火，民安作。平生无襦，今五裤。"后遂用"襦裤歌"作为对官吏惠民德政的称颂。

独孤及（725—777），字至之，洛阳人，天宝末年进士，初仕华阴尉，后历濠、舒、常三州刺史。他的文章与同时代的李华、萧颖士齐名，有《毗陵集》二十卷。

大约在唐代，饮茶文化逐渐流行起来，人们开始注意寻找优质泉水，"茶圣"陆羽对此做过总结。其中的慧山寺泉水就被评定为天下第二泉，可见其水质之优良，因此这处泉水又叫第二泉、陆子泉。

本文叙述了慧山寺泉疏凿、修葺的经过，对地方官员的贡献加以赞赏。文章结构顺畅，语言清丽自然，如潺潺流水，颇有韵致，如叙述新泉时写道："甘溜湍激，若醴醍乳。喷发于禅床，周流于僧房，灌注于德地，经营于法堂。潺潺有声，聆之耳清。"读之令人心净。

太原王宏中[2]在连州,与学佛人景常、元慧者游。异日,从二人者,行于其居之后,丘荒之间,上高而望,得异处焉。斩茅而嘉树列,发石而清泉激,辇粪壤[3],燔楮翳[4],却立而视之。出者突然成丘,陷者呀然[5]成谷,洼者为池,而缺者为洞,若有鬼神异物,阴来相之。自是宏中与二人者,晨往而夕忘归焉,乃立屋以避风雨寒暑。

既成,愈请名之。其丘曰"俟德[6]之丘",蔽于古而显于

1 燕喜亭:遗址在今广东连州城北山上。
2 王宏中:即王仲舒,字弘中,太原人,贞元十年(794)进士,任右拾遗,后官至江南西道观察使。
3 辇粪壤:运走污秽之物。
4 燔楮翳(fán zī yì):焚烧枯死、倒下的杂树。
5 呀(xiā)然:裂开的样子。
6 俟(sì)德:具有耐心等待的道德修养。

今，有俟之道也。其石谷曰"谦受之谷"，瀑曰"振[7]鹭之瀑"，谷言德，瀑言容也。其土谷[8]曰"黄金之谷"，瀑曰"秩秩之瀑[9]"，谷言容，瀑言德也。洞曰"寒居之洞"，志其入时也。池曰"君子之池"，虚[10]以钟[11]其美，盈以出其恶也。泉之源曰"天泽之泉"，出高而施下也。合而名之以屋曰"燕喜之亭"，取《诗》所谓"鲁侯燕喜"者颂也。于是州民之老，闻而相与观焉，曰："吾州之山水名天下，然而无与燕喜者比。经营于其侧者相接也，而莫直[12]其地。凡天作而地藏之，以遗其人乎？"

宏中自吏部贬秩而来，次其道途所经：自蓝田入商洛[13]，涉淅湍[14]，临汉水，升岘首[15]，以望方城[16]，出荆门，下岷江，过洞庭，上湘水，行衡山之下，繇郴逾岭。猿狖[17]所家，鱼龙

7　振：展翅飞翔。

8　土谷：沃土形成的谷地，土壤肥沃，适于耕种。

9　秩秩之瀑：瀑布秩序井然。

10　虚：指池子容量大，文章比喻主人有君子之器量。

11　钟：聚积，集中。

12　直：通"值"，意为相当。

13　商洛：商洛山。

14　淅（xī）湍（tuān）：水名，淅指淅水，湍指湍水，均在今河南省邓州市。

15　岘（xiàn）首：岘山之顶，在湖北襄阳南。

16　方城：春秋时期楚国北部的城，范围自今河南省方城县至邓州市。

17　狖（yòu）：猿类动物，黑色长尾猿。

所宫，极幽遐瑰诡[18]之观，宜其于山水饫[19]闻而厌[20]见也。今其意乃若不足。传曰："知者乐水，仁者乐山。"宏中之德与其所好，可谓协矣。智以谋之，仁以居之，吾知其去是而羽仪于天朝[21]也不远矣。遂刻石以记。

18　幽遐瑰诡：指幽僻荒远之处奇异瑰丽的景物。

19　饫（yù）：饱。

20　厌：即"餍"，饱。

21　羽仪于天朝：回到朝廷做官，为人表率。

　　韩愈（768—824），字退之，河南河阳（今河南孟州南）人，早孤，由兄嫂抚养。贞元八年（792）进士，曾任监察御史，后官至吏部侍郎。卒谥文。韩愈自谓郡望昌黎，故世称韩昌黎。韩愈反对六朝以来的文风，倡导散文，被后世古文家所宗，被列为"唐宋八大家"之首。有《昌黎先生集》。

　　这是一篇题记，开头记述了燕喜亭选址建造的过程，对周边景致的描绘颇为动人："斩茅而嘉树列，发石而清泉激……出者突然成丘，陷者呀然成谷，洼者为池，而缺者为洞。"——不起眼的地方经过一番整理，转眼之间变成了一个清幽宜人的所在。接下来作者浓墨重彩地叙述了自己对燕喜亭和不同景物的命名，逐一列举，明白晓畅。古典故实之间透着作者对主人才器品德的赞赏和期待，同时也抒发了自己与之协同的情怀。全文骈散结合，句式错落有致，古典今情融合无间，耐人寻味。

冷泉亭记[1]

唐 白居易

东南山水，余杭郡[2]为最。就郡言，灵隐寺为尤[3]。由寺观言，冷泉亭为甲。亭在山下，水中央，寺西南隅。高不倍寻，广不累丈，而撮奇得要[4]，地搜胜概，物无遁形。

春之日，吾爱其草薰薰[5]，木欣欣，可以导和纳粹，畅人血气。夏之夜，吾爱其泉渟渟，风泠泠[6]，可以蠲[7]烦析醒[8]，起人心情。山树为盖，岩石为屏，云从栋生，水与阶平。坐

---

1 冷泉亭：在杭州西湖灵隐寺。

2 余杭郡：杭州在唐天宝年间曾名为余杭郡。

3 尤：突出。

4 撮奇得要：选取奇妙和重要的地势。

5 薰薰：草的香气。

6 泠泠：清凉。

7 蠲（juān）：免除。

8 醒（chéng）：酒醉后的困惫。

而玩之者，可濯足于床[9]下；卧而狎[10]之者，可垂钓于枕上。矧又潺湲洁澈，粹冷柔滑[11]。若俗士，若道人，眼耳之尘，心舌之垢，不待盥涤，见辄除去。潜利阴益，可胜言哉！斯所以最余杭而甲灵隐也。

杭自郡城抵四封[12]，丛山复湖，易为形胜。先是领郡者，有相里君造[13]虚白亭，有韩仆射皋[14]作候仙亭，有裴庶子棠棣[15]作观风亭，有卢给事元辅[16]作见山亭，及右司郎中河南元㣙[17]最后作此亭。于是五亭相望，如指之列，可谓佳境殚矣，能事毕矣。后来者虽有敏心巧目，无所加焉。故吾继之，述而不作。长庆三年[18]八月十三日记。

9　床：坐的用具。

10　狎（xiá）：亲近。

11　粹冷柔滑：形容水的清凉和缓。

12　封：边界。

13　相里君造：相里造，曾任杭州刺史。

14　韩仆射（yè）皋：韩皋，字仲闻，曾任杭州刺史，官至尚书仆射。

15　裴庶子棠棣：裴棠棣，曾任杭州刺史，官至太子庶子。

16　卢给事元辅：卢元辅，字子望，曾任杭州刺史，官至给事中。

17　元㣙（xù）：白居易之前任杭州刺史，当时任右司郎中。

18　长庆三年：公元823年。

白居易（772—846），字乐天，晚号香山居士，下邽（今陕西渭南北）人，中唐诗人，贞元进士，元和年间曾任左拾遗，后因故贬为江州司马，长庆、宝历年间出任杭州、苏州刺史，官至刑部尚书。白居易是中唐新乐府诗歌的主要代表，诗风平易近人，时称"元和体"。有《白氏长庆集》。

本文围绕冷泉亭展开，主要叙述它的独特意趣，重心放在登亭观景时的种种感受，情随景生，境与意谐。春日、夏夜的草木、清风、泉水、岩石，既可以卧而狎，又能够坐而玩，作者细致描述了冷泉亭所在的独特地理位置甲灵隐而成为胜境的原因，呈现了冷泉亭的独特魅力。

接下来作者叙述了杭州前任行政长官们建设的包括冷泉亭在内的五座亭台所呈现的佳境，予以高度赞扬，既表达了自己为之作记，述而不作的态度，又显示出城市园林建设的积淀、山水情怀的传承。全篇构思精巧，落笔轻灵，虽只是一篇小品，确是别具匠心。

草堂记（节选）

唐 白居易

匡庐[1]奇秀，甲天下山。山北峰曰香炉峰，北寺曰遗爱寺，介峰寺间，其境胜绝，又甲庐山。元和十一年秋，太原人白乐天见而爱之，若远行客过故乡，恋恋不能去。因面峰腋寺，作为草堂。

明年春，草堂成。三间两柱，二室四牖，广袤丰杀，一称心力。洞北户，来阴风，防徂暑[2]也；敞南甍[3]，纳阳日，虞[4]祁寒[5]也。木斫[6]而已不加丹；墙圬而已不加白。砌阶用石，

---

1 匡庐：指江西庐山，传为匡俗结庐处。

2 徂（cú）暑：盛夏的开始，《诗经·小雅·四月》："四月维夏，六月徂暑。"

3 甍：屋脊，这里指房屋。

4 虞：防范。

5 祁寒：严寒。

6 斫（zhuó）：砍削。

幂[7]窗用纸，竹帘纻帏，率称是焉。堂中设木榻四，素屏二，漆琴一张，儒、道、佛书各两三卷。

乐天既来为主，仰观山，俯听泉，傍睨[8]竹树云石，自辰及酉，应接不暇。俄而物诱气随，外适内和。一宿体宁，再宿心恬，三宿后颓然嗒然[9]，不知其然而然。自问其故，答曰：

是居也，前有平地，轮广[10]十丈，中有平台，半平地；台南有方池，倍平台。环池多山竹野卉，池中生白莲、白鱼。又南抵石涧，夹涧有古松老杉，大仅十人围，高不知几百尺。修柯戛[11]云，低枝拂潭，如幢[12]竖，如盖张，如龙蛇走。松下多灌丛，萝茑[13]叶蔓，骈织承翳[14]，日月光不到地。盛夏风气如八九月时。下铺白石，为出入道。堂北五步，据层崖积石，嵌空垤块[15]，杂木异草，盖覆其上。绿阴蒙蒙，朱实离离，不识其名，四时一色。又有飞泉植茗，就以烹燀[16]，好事者见

7　幂：覆盖。

8　睨（nì）：斜看。

9　嗒（tà）然：物我两忘的样子。

10　轮广：纵横。南北为轮，东西为广。

11　戛：摩，摩擦。

12　幢（chuáng）：古代作仪仗用的一种旗帜。

13　萝茑（niǎo）：女萝和茑，都是蔓生植物。

14　翳（yì）：遮盖。

15　垤（dié）块：积土成堆。

16　燀（chǎn）：烧煮。

可以永日。堂东有瀑布，水悬三尺，泻阶隅，落石渠，昏晓如练色，夜中如环佩琴筑声。堂西倚北崖右趾，以剖竹架空，引崖上泉，脉分线悬，自檐注砌，累累如贯珠，霏微[17]如雨露，滴沥飘洒，随风远去。其四傍耳目杖屦[18]可及者，春有锦绣谷花，夏有石门涧云，秋有虎溪月，冬有炉峰雪。阴晴显晦[19]，昏旦含吐，千变万状，不可殚纪。觊缕[20]而言，故云甲庐山者。

噫！凡人丰一屋，华一簀，而起居其间，尚不免有骄矜之态；今我为是物主，物至致知，各以类至，又安得不外适内和，体宁心恬哉？昔永、远、宗、雷辈十八人同入此山，老死不反；去我千载，我知其心以是哉！

17　霏微：细雨飘散的样子。

18　杖屦（jù）：扶杖步行。

19　显晦：风景明亮和昏暗。

20　觊（luó）缕：语言委屈详尽而有条理。

作者简介见《冷泉亭记》。

这篇文章作于唐宪宗元和十二年（817）四月九日。两年前，白居易因触怒权贵被贬为江州司马，后来到了庐山，看上了香炉峰下、遗爱寺旁的一个地方，就建了座草堂，落成后写了《庐山草堂记》。

白居易的文章很注意表现自己的志趣风格，在对山水景致的描绘中，注入了自己对山水自然、朴素、真挚的喜爱，凸显了独特的审美眼光。作者对庐山草堂四周景物的描写，从容不迫，富有清丽淡远的意境。

值得称道的是，作者细致记录下了他辛苦建造草堂的过程，每一个环节都凝聚着这位大诗人的独特匠心，这段描述也成为今天研究中国古代园林，欣赏中国园林建筑丰富内涵的重要史料。

唐 柳宗元

小石潭记

  从小丘西行百二十步，隔篁竹[1]闻水声，如鸣珮环[2]。心乐之，伐竹取道，下见小潭，水尤清洌。全石以为底。近岸卷石底以出[3]，为坻[4]为屿，为嵁[5]为岩。青树翠蔓，蒙络摇缀，参差披拂。

  潭中鱼可百许头，皆若空游无所依。日光下澈，影布石上，怡然不动，俶尔[6]远逝，往来翕忽[7]。似与游者相乐。

  潭西南而望，斗折[8]蛇行，明灭可见。其岸势犬牙差互，

---

1 篁（huáng）竹：丛生的竹子。

2 珮环：古代士大夫佩带的两种玉制服饰，走路时发出和谐声音，以协步调。

3 卷石底以出：石底有些部分翻卷露出水面。

4 坻（chí）：高出水面的小块陆地。

5 嵁：坎坷的岩石。

6 俶（chù）尔：忽然。

7 翕（xī）忽：轻快敏捷。

8 斗折：像北斗七星那样曲折。

不可知其源。坐潭上,四面竹树环合,寂寥无人,凄神寒骨,悄怆幽邃[9]。以其境过清,不可久居,乃记之而去。

同游者:吴武陵[10],龚古,予弟宗玄。隶而从者崔氏二小生:曰恕己,曰奉壹。

9　悄(qiǎo)怆幽邃:幽静深远,弥漫着忧伤的气息。

10　吴武陵:作者的朋友,也被贬在永州。

　　柳宗元（773—819），字子厚，河东解（今山西运城市西南）人，贞元九年（793）进士，曾任校书郎、蓝田尉等职，后因参与王叔文"永贞革新"获罪，贬邵州刺史，再贬永州司马，十年后改授柳州刺史，卒于任所。世称柳柳州。他是唐代著名文人，与韩愈并称"韩柳"，积极推动古文运动，他的文章结构严谨，语言简洁，以《永州八记》为代表的游记作品具有划时代的历史地位和作用，被视为山水文的典范。有《河东先生集》。

　　本文聚焦的是一个不起眼的小石潭，作者从远处听到的清脆的流水声写起，具体到清洌的流水、全石的潭底、四周葱郁的树木草丛，一派幽静景象。后面着重描写潭中的游鱼，在阳光透底的映照之下，几百条鱼就像游在空中，往来穿梭，无拘无束，好像在跟岸边的游人互动。动静结合的描写呈现给我们的是清澈、宁静而不乏灵动的小石潭，就像一幅细致灵动的工笔写生画。

　　后半段着眼于小石潭周围寂寥无人的环境，作者为之感到凄神寒骨、怆然心伤，触动了作者自己的身世之感，隐约表现了自己光明澄澈的志趣。

游黄溪记[1]

唐 柳宗元

　　北之晋，西适豳[2]，东极吴，南至楚越之交，其间名山水而州者以百数，永最善。环永之治[3]百里，北至于浯溪[4]，西至于湘之源[5]，南至于泷泉，东至于黄溪东屯，其间名山水而村者以百数，黄溪最善。

　　黄溪距州治七十里，由东屯南行六百步，至黄神祠[6]。祠之上，两山墙立，如丹碧之华叶骈植，与山升降，其缺者为崖，峭岩窟水之中，皆小石平布，黄神之上，揭水[7]八十步，至初

1　黄溪：源出湖南宁远北阳明山，西经零陵，北合白江水，流入湘江，唐代属永州。

2　豳（bīn）：古国名，唐代邠（bīn）州，今陕西、甘肃地区。

3　治：治所。

4　浯（wú）溪：源出湖南祁阳西南松山，东北流入湘江，唐代在永州境，诗人元结居溪畔，名溪为"浯"。

5　湘之源：湘江源出广西兴安，此指唐代永州属县湘源。

6　黄神祠：黄溪居民所立祠堂。

7　揭水：撩起衣服，涉水而行。

潭，最奇丽，殆不可状。其略若剖大瓮，侧立千尺，溪水积焉，黛蓄膏渟[8]。来若白虹，沉沉无声。有鱼数百尾，方来会石下。

南去又行百步，至第二潭。石皆巍然临峻流，若颏颔龂龁[9]。其下大石杂列，可坐饮食。有鸟赤首乌翼，大如鹄，方东向立。

自是又南数里，地皆一状，树益壮，石益瘦，水鸣皆锵然[10]。又南一里，到大冥之川，山舒水缓，有土田。始黄神为人时，居其地。

传者曰："黄神王姓，莽[11]之世也。莽既死，神更号黄氏，逃来，择其深峭[12]者潜焉。"始莽尝曰："予黄、虞之后也。"故号其女曰"黄皇室主[13]"。黄与王声相迩，而又有本，其所以传言者益验。神既居是，民咸安焉。以为有道，死乃俎豆[14]

8　渟（tíng）：水流停滞聚积。

9　颏（kē）颔（hàn）龂（yín）龁（è）：均指人类面部嘴唇以下的部位。颏：两腮和嘴下面部位；颔：下巴；龂：牙根；龁：牙床。

10　锵然：金属或玉石碰撞的声音。

11　莽：王莽，汉元帝妻王皇后的侄子，汉平帝时擅政篡汉，改国号"新"，世称"新莽"。

12　深峭：幽深险峻。

13　黄皇室主：王莽的女儿是汉平帝的皇后。平帝死后，王莽摄政，立新朝，改称其女为"黄皇室主"，意思是新莽的公主，表示与汉断绝。（见《汉书·外戚传下》）

14　俎豆：古代祭祀时放祭品的礼器，这里指祭祀。

之，为立祠。后稍徙近乎民，今祠在山阴溪水上。

元和八年[15]五月十六日，既归为记，以启后之好游者。

15　元和八年：公元 813 年。

作者简介见《小石潭记》。

文章记录了柳宗元游览永州东七十里的黄溪的见闻。全文以记游写景为主，运用白描手法，于平淡中见雄奇，在铺叙中显多姿，描山绘水，想象奇妙，形象生动。

文章开头就引起人们的好奇心——永最善，黄溪最善，然后先在黄神祠欣赏黄溪全貌，再一点点地具体指示沿路的景物和有关传说。

本篇是作者游记中最侧重记述游赏山水景致的作品，相对而言显得平和许多，因此这篇《黄溪游记》所表现出来的作者形象是探幽赏奇、欣然自适、怡然自得的状态，读来引人入胜，耐人寻味。

始得西山[1]宴游记

唐　柳宗元

　　自予为僇[2]人，居是州，恒惴栗[3]。其隙也，则施施[4]而行，漫漫而游。日与其徒上高山，入深林，穷回溪，幽泉怪石，无远不到。到则披草而坐，倾壶而醉。醉则更相枕以卧，卧而梦。意有所极，梦亦同趣[5]。觉而起，起而归；以为凡是州之山有异态者，皆我有也，而未始知西山之怪特。

　　今年九月二十八日，因坐法华西亭[6]，望西山，始指异之。

1　西山：在湖南零陵西。

2　僇：同"戮"，犯罪受刑。唐宪宗即位后，作者因在顺宗时参与王叔文集团永贞革新失败，被贬为永州司马，故自称僇人。

3　惴栗：恐惧不安。惴，恐惧。栗，发抖。

4　施施（yí yí）：慢步缓行的样子。

5　意有所极，梦亦同趣：心里有向往的好境界，梦里也就有相同的乐趣。

6　西亭：在法华寺内，为柳宗元所建，他经常在这里游赏山景，饮酒赋诗。

遂命仆人过湘江，缘染溪[7]，斫榛莽，焚茅茷[8]，穷山之高而止。攀援而登，箕踞[9]而遨，则凡数州之土壤，皆在衽席[10]之下。其高下之势，岈然[11]洼然，若垤[12]若穴，尺寸千里，攒蹙累积，莫得遁隐。萦青缭白，外与天际，四望如一。然后知是山之特出，不与培塿[13]为类。

悠悠乎与灏气俱，而莫得其涯；洋洋乎与造物者游，而不知其所穷。引觞[14]满酌，颓然就醉，不知日之入。苍然暮色，自远而至，至无所见，而犹不欲归。心凝形释，与万化冥合。然后知吾向之未始游。

游于是乎始。故为之文以志。是岁元和四年[15]也。

7　染溪：又作"冉溪"，柳宗元又称其为"愚溪"。

8　茅茷（fá）：指长得繁密杂乱的野草。茷，草叶茂盛。

9　箕踞：像簸箕一样地蹲坐着，指坐时随意伸开两腿，像个簸箕，是一种不拘礼节的坐姿。

10　衽席：朝堂宴享时所设的席位，亦指卧席。

11　岈（yā）然：高山深邃的样子。《广韵》："岈，蛤岈，山深之状。"

12　垤：蚁穴边的小土堆。

13　培塿（pǒu lǒu）：小土山。

14　引觞：拿起酒杯。

15　元和四年：公元 809 年。

赏 析

本文主要叙述游西山的独特感受，排遣被贬官的不佳心情。

全文构思奇特，开始并没有直接写西山的奇境美景，而是先写自己遍游其他山水的经历，以为本地的好景致自己都遍览无遗了。紧接着一个很偶然的机会，作者知道了西山的存在。在历过一番披荆斩棘的艰辛之后，作者认识到了西山的"特立"，身居其中，体会到"尺寸千里""四望如一""心凝神释，与万化冥合"，同大自然融为一体，物我两忘的绝佳享受。

纵观全文，紧紧围绕着"始得"二字，前后照应，一以贯之，可谓匠心独运。通过一步步接近、融入西山的胜景，作者仿佛也一步步走出了内心的愁闷，找到了一个让自己可以此时此刻独与天地精神往来的心灵港湾。

游天平山记[1]

宋 柳开

　　至道元年[2]，开寓汤阴。未几，桂林僧惟深者，自五台山归，惠然见过，曰："昔公守桂林[3]，尝与公论衡岳山水之秀，为湖岭胜绝[4]；今惟深自上党[5]入于相州[6]，至林虑[7]，过天平山明教院[8]，寻幽穷胜[9]，纵观泉石，过衡岳远甚。"予矍然[10]曰："予从先御史[11]居汤阴二年，汤阴与林虑接境，平居未尝有言者。今师诒[12]我，是将以我为魏人而且欲佞予耶？"越明日，惟深告

1　天平山：在今河南林州西，是林虑（lú）山的一部分。

2　至道元年：公元995年。

3　"昔公"句：宋太宗淳化元年（990）到二年春，柳开曾为桂州（今广西桂林）知州。

4　湖岭胜绝：这里是说南方名胜中最突出的。"湖岭"，即湖广，这里泛指南方。

5　上党：今山西长治市。

6　相州：今河南安阳、汤阴、林州和河北临漳一带。

7　林虑（lú）：县名，今河南林州。

8　明教院：即明教禅院，始建于晋代。

9　寻幽穷胜：寻觅幽深之处，穷尽名胜之地。

10　矍（jué）然：惊讶而相视的样子。

11　先御史：指柳开的父亲柳承翰。

12　诒：通"绐（dài）"，欺骗。

辞，予因留惟深，曰："前言[13]果不妄，敢同游乎？"惟深曰："诺。"

初自马岭入龙山，小径崎岖，有倦意。又数里，入龙口谷，山色回合，林木苍翠，绕观俯览，遂忘箠辔[14]之劳。翊日[15]，饭于林虑，亭午[16]抵桃林村，乃山麓也。泉声夹道，怪石奇花，不可胜数。山回转，平地数寻，曰槐林。坐石弄泉，不觉日将晡，憩环翠亭[17]，四顾气象潇洒，恍然疑在物外，留连徐步。薄暮，至明教院，夜宿于连云阁。

明旦，惟深约寺僧契园从予游，东过通胜桥，至苍龙洞，又至菩萨洞；下而南观长老岩、水帘亭，周行岩径，下瞰白龙潭而归。

翊日，西游长老庵，上观珍珠泉，穿舞兽石，休于道者庵下，至于忘归桥。由涧而转至于昆阆溪、仙人献花台，出九曲滩，南会于白龙潭。扪[18]萝西山，沿候樵径，望风云谷而归。

13　前言：即指所云"过衡岳甚远"。

14　箠辔（chuí pèi）：马鞭子、马笼头，这里代指骑马。

15　翊（yì）日：即翌日，第二天。翊，通"翌"。

16　亭午：正午。

17　环翠亭：据方志记载，从槐林西上，十余里间山路险峻弯曲有十八盘，环翠亭在十八盘尽处的岭上。

18　扪（mén）：摸，这里有攀缘的意思。

明日，契园煮黄精[19]、苍术[20]苗，请予饭于佛殿之北，回望峰峦，秀若围屏。契园曰："居艮而首出者，倚屏峰也。[21]"予曰："诸峰大率如围屏，何独此峰得名？"契园曰："大峰之名有六，小峰之名有五，著名已久，皆先师之传。又其西二峰，一曰紫霄峰，上有秀士壁，次曰罗汉峰，上有居士壁，以其所肖得名也。又六峰之外，其南隐然者，士民呼为扑猪岭[22]。又其次曰熨斗峰。"诸峰皆于茂林乔松间拔出石壁数千尺，回环连接，崭岩[23]峭崒[24]，虽善工[25]亦不可图画。

予留观凡五日，不欲去，始知惟深之言不妄。又嗟数年之间，居处相去方百里之远[26]，绝胜之景，耳所不闻，对惟深诚有愧色。明日将去，惟深、契园固请予留题[27]。予惧景胜而才不敌[28]，不敢形于吟咏，因述数日之间所见云。

---

19 黄精：多年生草本植物，地下茎可制淀粉，又供药用。

20 苍术（zhú）：多年生草本植物，根可入药。

21 "居艮"二句：是说位于东北方而最突出的是倚屏峰了。"艮"，指东北方。

22 扑猪岭：这里的山最高峻，传说有野猪被人追逐至此坠落岭下。

23 崭岩：即巉岩，险峻的山岩。

24 峭崒（zú）：陡峭高峻。

25 善工：指高明的画师。

26 "居处"句：谓住处与天平山相距才百里远。

27 留题：游览名胜时留下题咏。

28 "予惧"句：谓我怕风景优美而自己才力不相应。

　　柳开（947—1000），初名肩愈，字绍元，后改名开，字仲涂，自号东郊野夫、补亡先生，大名（今属河北）人。宋太祖开宝六年（973）进士，官至如京使。他是宋代最早提倡古文的作家，以继承韩愈、柳宗元的古文传统为己任。有《河东集》。

　　本文记述了一次天平山五日游，以时间为线索，井然有序地描述了沿路见闻的山水风光，分别介绍天平山的泉水、岩石、山洞、潭水、溪流等自然景观以及亭台、寺庙、桥梁等人文建筑。惊艳之际，作者写道："泉声夹道，怪石奇花，不可胜数。山回转，平地数寻，曰槐林。坐石弄泉，不觉日将晡，憩环翠亭，四顾气象潇洒，恍然疑在物外，留连徐步。"最后记述了以明教禅院为基准点的回望远眺，但见"诸峰皆于茂林乔松间拔出石壁数千尺，回环连接，崭岩峭崒，虽善工亦不可图画"，逐一介绍所见的各处山峰和石壁等景观，并自然融入了僧人们关于山峰命名的对话，颇具意味。

　　全文首尾呼应，分别说明游山和作记的缘起。开头写作者不相信惟深对天平山胜景的称赞而约他同游，末尾写自己居此数年却对此等山水奇观失之眉睫颇感惭愧，结构上很好地呼应。

岳阳楼记[1]

宋 范仲淹

庆历四年[2]春，滕子京[3]谪[4]守巴陵郡。越明年，政通人和，百废俱兴。乃重修岳阳楼，增其旧制[5]，刻唐贤、今人诗赋于其上，属[6]予作文以记之。

予观夫巴陵胜状，在洞庭一湖。衔远山，吞长江，浩浩汤汤，横无际涯；朝晖夕阴，气象万千。此则岳阳楼之大观也，前人之述备矣。然则北通巫峡，南极潇、湘[7]，迁客[8]骚人[9]，

---

1 岳阳楼：唐开元四年（716）张说任岳州刺史时所建，西临洞庭，著名的风景名胜。

2 庆历四年：公元1044年。

3 滕子京：名宗谅，字子京，与范仲淹同年进士。

4 谪（zhé）：被罚流放或贬官。

5 制：规模。

6 属（zhǔ）：通"嘱"，嘱托。

7 潇、湘：潇水和湘水，二者合流后流入洞庭湖。

8 迁客：遭贬职外调的官员。

9 骚人：诗人。

多会于此，览物之情，得无异乎？

若夫霪雨[10]霏霏[11]，连月不开，阴风怒号，浊浪排空；日星隐曜，山岳潜形，商旅不行，樯[12]倾楫摧；薄暮冥冥，虎啸猿啼。登斯楼也，则有去国怀乡，忧谗畏讥，满目萧然，感极而悲者矣。

至若春和景明，波澜不惊，上下天光，一碧万顷，沙鸥翔集，锦鳞[13]游泳，岸芷[14]汀[15]兰，郁郁青青。而或长烟一空，皓月千里，浮光耀金，静影沉璧，渔歌互答，此乐何极！登斯楼也，则有心旷神怡，宠辱皆忘，把酒临风，其喜洋洋者矣。

嗟夫！予尝求古仁人之心，或异二者之为，何哉？不以物喜，不以己悲。居庙堂之高，则忧其民；处江湖之远，则忧其君。是进亦忧，退亦忧。然则何时而乐耶？其必曰："先天下之忧而忧，后天下之乐而乐"欤！噫！微[16]斯人[17]，吾谁与归！

时六年九月十五日。

---

10 霪雨：连绵不断的雨。

11 霏霏：雨雪或烟云很盛的样子。

12 樯：桅杆。

13 锦鳞：漂亮的鱼。

14 芷：白芷，一种香草。

15 汀：小洲。

16 微：（如果）没有。

17 斯人：指前文所提的"古仁人"。

范仲淹（989—1052），字希文，苏州吴县（今江苏苏州）人，出身贫寒，少年勤学，大中祥符八年（1015）考中进士，北宋中期著名政治家，文武兼备。宋仁宗庆历三年（1043）参与庆历新政，推行改革措施。庆历五年（1045），新政受挫，范仲淹被贬邓州（今属河南）知州。谥文正，世称范文正公。有《范文正公集》。

本文内容充实，感怀真挚，叙事、议论水乳交融，通过叙述重修岳阳楼的原委，接着描写登上岳阳楼所见的壮观景象，然后抚今追昔，表达了自己"以天下为己任"的士大夫情怀，留下了"先天下之忧而忧，后天下之乐而乐"的千古名句。

本文写景状物生动形象，洞庭湖的景色在范仲淹的笔下可谓奇幻多姿，随着时节的变化呈现不同的视觉效果："衔远山，吞长江，浩浩汤汤，横无际涯"，可以说是气吞山河，极言八百里洞庭的浩瀚；"朝晖夕阴，气象万千"，描述阴晴变化，给人广阔的想象空间。范文正公文如其人，人更显其文，世人读其文，则想见其为人，这就是本文千古传诵、脍炙人口的主要原因。

醉翁亭记 [1]

宋 欧阳修

　　环滁[2]皆山也。其西南诸峰，林壑尤美。望之蔚然[3]而深秀者，琅琊也。山行六七里，渐闻水声潺潺，而泻出于两峰之间者，酿泉也。峰回路转，有亭翼然[4]临于泉上者，醉翁亭也。作亭者谁？山之僧智仙也。名之者谁？太守自谓也。太守与客来饮于此，饮少辄醉，而年又最高，故自号曰醉翁也。醉翁之意不在酒，在乎山水之间也。山水之乐，得之心而寓[5]之酒也。

1　醉翁亭：在安徽滁州西南琅琊山，僧人智仙所建，欧阳修题名。
2　滁：滁州，位于安徽省东部。
3　蔚然：草木繁盛的样子。
4　翼然：四角翘起，像鸟张开翅膀。
5　寓：寄托。

若夫日出而林霏⁶开，云归而岩穴暝⁷，晦明变化者，山间之朝暮也。野芳发而幽香，佳木秀而繁阴，风霜高洁，水落而石出者，山间之四时也。朝而往，暮而归，四时之景不同，而乐亦无穷也。

至于负者歌于途，行者休于树，前者呼，后者应，伛偻⁸提携，往来而不绝者，滁人游也。临溪而渔，溪深而鱼肥；酿泉为酒，泉香而酒洌；山肴野蔌⁹，杂然而前陈者，太守宴也。宴酣之乐，非丝非竹；射¹⁰者中，弈者胜；觥¹¹筹¹²交错，起坐而喧哗者，众宾欢也。苍颜白发，颓然乎其间者，太守醉也。

已而夕阳在山，人影散乱，太守归而宾客从也。树林阴翳¹³，鸣声上下，游人去而禽鸟乐也。然而禽鸟知山林之乐，而不知人之乐；人知从太守游而乐，而不知太守之乐其乐也。醉能同其乐，醒能述以文者，太守也。太守谓谁？庐陵¹⁴欧阳修也。

6　林霏：树林中的雾气。霏，雨雪或烟云很盛的样子，这里指雾气。

7　暝：幽暗、昏暗。

8　伛偻：腰背弯曲的样子，指老年人。

9　蔌（sù）：蔬菜的总称。

10　射：投壶游戏。

11　觥：酒杯。

12　筹：行酒令用的竹签。

13　翳（yì）：遮蔽。

14　庐陵：古郡名，庐陵郡，宋代称吉州，今江西省吉安市。

欧阳修（1007—1072），字永叔，号醉翁，晚年又号六一居士，吉州庐陵（今江西吉水）人，北宋著名文学家、政治家，天圣八年（1030）进士，曾任翰林学士、参知政事等，谥文忠。他是北宋古文运动的领袖，文风朴实，富于内在的节奏感、韵律感，诗风与其散文近似，语言流畅自然，词风婉丽，承袭南唐余韵。曾与宋祁合修《新唐书》，撰有《新五代史》，编《集古录》等。有《欧阳文忠公文集》。

《醉翁亭记》是欧阳修中年时期被贬滁州时所作，在叙事、写景

中寄寓了作者寄情山水、与民同乐的情趣，富有人文气息和亲切感。作者叙述醉翁亭的来历时，采用了设问句组合的形式，把核心内容一一列举，并且通过长镜头式的记述，打破了一时一地的限制，在一个大的时空背景下描述了滁州山水在不同时间、不同情景下的丰富色彩。

本文虽然篇幅不长，但行文流畅，骈散结合，错落有致，层次分明，逐渐递进，生动形象，读起来节奏十分明快，它就像一幅景区导览图，循循善诱，引人入胜，令人陶醉于山水之间，呈现了欧阳修散文的独特魅力。

沧浪亭记[1]

宋
苏舜钦

予以罪废无所归，扁舟南游，旅于吴中[2]，始僦舍以处。时盛夏蒸燠，土居皆褊狭，不能出气，思得高爽虚辟之地，以舒所怀，不可得也。

一日，过郡学[3]，东顾草树郁然，崇阜[4]广水，不类乎城中，并水[5]得微径于杂花修竹之间。东趋数百步，有弃地，纵广合五六十寻，三向皆水也。杠[6]之南，其地益阔，旁无民居，左

1　沧浪亭：苏州园林名胜，传原为五代时吴越国广陵王钱元璙的花园，五代末为吴军节度使孙承祐的别墅，传北宋庆历年间为苏舜钦购得，在园内建沧浪亭。

2　吴中：今江苏苏州一带。。

3　郡学：苏州府学，旧址在今苏州市南，为州府的最高学府，沧浪亭就在其东面。

4　崇阜：高山。

5　并（bàng）水：沿水而行。并，通"傍"。

6　杠（gāng）：独木桥。段玉裁《说文解字注》："凡独木者曰杠，骈木者曰桥。"

右皆林木相亏蔽。访诸旧老，云钱氏有国[7]，近戚孙承祐[8]之池馆也。坳隆胜势，遗意尚存，予爱而徘徊，遂以钱四万得之。构亭北碕[9]，号沧浪焉。

前竹后水，水之阳又竹，无穷极。澄川翠干，光影会合于轩户之间，尤与风月为相宜。予时榜[10]小舟，幅巾[11]以往，至则洒然忘其归，觞而浩歌，踞而仰啸，野老不至，鱼鸟共乐。形骸既适，则神不烦；观听无邪，则道以明。返思向之汩汩荣辱之场，日与锱铢[12]利害相磨戛，隔此真趣，不亦鄙哉！

噫！人固动物[13]耳，情横于内而性伏，必外寓于物而后遣。寓久则溺，以为当然。非胜是而易之，则悲而不开。惟仕宦溺人为至深。古之才哲君子，有一失而至于死者多矣，是未知所以自胜之道。予既废而获斯境，安于冲旷[14]，不与众驱；因之复能见乎内外失得之原，沃然有得，笑闵万古，尚未能忘其所寓目，用是以为胜焉！

---

7 钱氏有国：指五代十国时钱镠在江南、浙江一带建立的吴越国。

8 孙承祐：吴越王钱俶的小舅子，任节度使镇守苏州，在苏州大建园亭。

9 北碕（qí）：北边曲岸上。

10 榜（bàng）：船桨，这里是说驾船。

11 幅巾：古代男子以全幅细绢裹头的头巾。后裁出脚即称幞头。

12 锱（zī）铢：古代的重量单位，比喻极微小的数量。

13 动物：受外物感动。

14 冲旷：冲淡旷远，这里指沧浪亭空旷辽阔的环境，兼指淡泊旷适的心境。

苏舜钦（1008—1049），字子美，绵州盐泉（今四川绵阳市东南）人，景祐元年（1034）进士，曾任集贤殿校理等职，后遭权贵忌恨而被贬逐，退居苏州，营造沧浪亭，自号沧浪翁。其诗与梅尧臣齐名，风格清新，奔放豪健。有《苏学士文集》。

苏舜钦被贬官后，无所归，旅居苏州，想着寄情山水，偶经郡学东侧的园林遗址，为之心动，因此得以建亭抒怀。本文记述了建造沧浪亭的历史背景和缘由，作者通过采访当地老人得知此地原为吴越国皇亲的园林遗址，买下后建构园林，寄情其间，体会到了深处官场时很难享受到的乐趣。本文虽然主要是叙述亭子的建造原委，但字里行间透露着作者对自身遭际的感怀，借"沧浪"二字明示自己的心志。文字清丽流畅，叙事抒情清晰简要，恰到好处地抒发了自己内心的真情实感。

苏州洞庭山

水月禅院记[1]

宋
苏舜钦

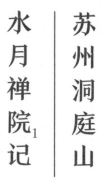

予乙酉岁夏四月[2]，来居吴门[3]。始维舟[4]，即登灵岩[5]之颠，以望太湖。俯视洞庭山，崭然特起，霞云采翠[6]，浮动于沧波之中。即时据阑[7]竦首，精爽下堕，欲乘清风，跨落景，以翱翔乎其间，莫可得也。自尔平居，缅然思于一到，惑于险说，卒未果行，则常若有物膈塞[8]于胸中。

是岁[9]十月，遂招徐、陈二君，浮轻舟出横金[10]口。观其

1　水月禅院：水月寺。"禅院"，佛寺的雅称。

2　乙酉岁夏四月：指宋仁宗庆历五年（1045）初夏四月。

3　吴门：苏州。

4　始维舟：刚到苏州。"维"，系。

5　灵岩：山名，又名砚山、象山、石鼓山，在苏州市西，相传是吴王馆娃宫所在地。

6　霞云采翠：形容云霞映衬下花木绚丽的洞庭山远影。

7　据阑：凭靠栏杆。

8　膈（bì）塞：压抑不快。

9　是岁：庆历五年（1045）。

10　横金：即横泾，镇名，在苏州市西南，靠近太湖。

洪川荡潏，万顷一色。不知天地之大所能并容。水程溯洄[11]，七十里而远。初宿社下[12]，逾日乃至，入林屋洞[13]，陟毛公坛[14]，宿包山精舍[15]。又泛明月湾[16]，南望一山，上摩苍烟，舟人指云："此所谓缥缈峰[17]也。"

即岸，步自松间，出数里，至峰下。有佛庙号"水月"者，阁殿甚古，像设严焕，旁有澄泉，洁清甘凉，极旱不枯，不类他水。梁大同四年[18]始建佛寺，至隋大业六年[19]遂废不存。唐光化中[20]，有浮屠志勤者，历游四方，至此，爱而不能去，复于旧址，结庐诵经，后因而屋之，至数十百楹。天祐四年[21]，刺史曹珪以明月名其院。勤老且死，其徒嗣之，迄今七世不绝。国朝大中祥符[22]初，有诏又易今名。

---

11 溯洄：谓水程曲曲折折。

12 社下：指洞庭西山居民村社边的水上。

13 林屋洞：在洞庭西山下。

14 毛公坛：在洞庭西山上的毛公洞。

15 包山精舍：包山寺，在洞庭西山。"包山"，洞庭西山的别称。"精舍"，指寺院。

16 明月湾：在洞庭西山，相传吴王曾在此玩月。

17 缥缈峰：洞庭西山的主峰。

18 梁大同四年：公元538年。"大同"，南朝梁武帝年号。

19 隋大业六年：公元610年。"大业"，隋炀帝年号。

20 唐光化中：公元898—901年。"光化"，唐昭宗年号，共四年。

21 天祐四年：公元907年。"天祐"，唐哀帝的年号。

22 大中祥符：宋真宗年号（1008—1016）。

予观震泽[23]受三江，吞啮四郡[24]之封。其中山之名见图志者七十有二，惟洞庭称雄其间，地占三乡，户率三千，环四十里。民俗真朴，历岁未尝有诉讼，至于县吏之庭下，皆以树桑、栀。甘、柚为常产，每秋高霜余，丹苞朱实，与长松茂树相参差，间于岩壑间望之，若图绘金翠之可爱。

缥缈峰又居山之西北深远处，高耸出于众山，为洞庭胜绝之境。居山之民以少事，尚有岁时织纴[25]、树艺、捕采之劳；浮屠氏本以清旷远物事，已出中国礼法之外，复居湖山深远胜绝之地，壤断水憺，人迹罕至，数僧宴坐，寂嘿[26]于泉石之间，引而与语，殊无纤介世俗间气韵，其视舒舒，其行于于[27]，岂上世之遗民者邪！予生平病闷[28]郁塞，至此喝然破散无复余矣。反复身世，惘然[29]莫知，但如蜕解俗骨，傅之羽翰，飞出于八荒之外。吁，其快哉！

23　震泽：太湖的别名。

24　四郡：唐代太湖周围为苏州、湖州、宣州、常州。

25　纴：编麻。

26　嘿（mò）：同"默"。

27　于于：行动安然自在。

28　病闷（bì）：有闭塞的缺点。

29　惘然：懵懂无知的样子。

后三年[30]，其徒惠源[31]，造予乞文，识其居之废兴，欣其见请，揽笔直述，且叙昔游之胜焉耳。

30　后三年：指庆历八年（1048），作者在这年复官湖州长史，十月病故于苏州。

31　惠源：僧人的法号。

作者简介见《沧浪亭记》。

这是一篇应故人之请记述洞庭山水月寺废兴历程的题记。作者抚今追昔，记述了当年游览洞庭山、缥缈峰的见闻以及在水月寺与诸位高僧宴坐畅谈的情景。作者的视角由远及近，先写俯视之下的太湖、洞庭山，然后写逐渐接近缥缈峰的途中景观，接着登山来到水月寺，历述寺院建设兴废、更名的经过。接下来重点特写被誉为洞庭胜绝之境的缥缈峰，对僧人们远世离俗、超脱快意的生活抒发了感慨。

它的文字灵动清爽，叙述从容、精练，要言不烦，写景视角独特，由远及近，切换自然，把叙事、记游、写景、抒情融为一体，虽为事后回忆，历历如在目前，字里行间可见作者对旧地故人的感怀和思念。

游褒禅山记

宋 王安石

　　褒禅山亦谓之华山。唐浮图[1]慧褒始舍[2]于其址，而卒葬之，以故其后名之曰"褒禅"。今所谓慧空禅院者，褒之庐冢[3]也。距其院东五里。所谓华山洞者，以其乃华山之阳名之也。距洞百余步，有碑仆[4]道，其文漫灭，独其为文犹可识，曰"花山"。今言"华"如"华实"之"华"者，盖音谬也。

　　其下平旷，有泉侧出，而记游者甚众，所谓"前洞"也。由山以上五六里，有穴窈然[5]，入之甚寒，问其深，则其好游者不能穷也，谓之"后洞"。予与四人拥火以入，入之愈深，

1　浮图：梵文音译词，也作"浮屠"或"佛图"，本意是指佛或佛教徒。

2　舍：建房搭屋。

3　庐冢：庐舍（禅房）和坟墓。

4　仆：倒、卧。

5　窈（yǎo）然：幽深、深远。

其进愈难，而其见愈奇。有怠而欲出者，曰："不出，火且尽。"遂与之俱出。盖予所至，比好游者尚不能十一，然视其左右，来而记之者已少。盖其又深，则其至又加少矣。方是时，予之力尚足以入，火尚足以明也。既其出，则或咎[6]其欲出者，而予亦悔其随之，而不得极夫游之乐也。

于是予有叹焉。古人之观于天地、山川、草木、虫鱼、鸟兽，往往有得，以其求思之深而无不在也。夫夷以近，则游者众；险以远，则至者少。而世之奇伟、瑰怪、非常之观，常在于险远，而人之所罕至焉。故非有志者，不能至也；有志矣，不随以止也，然力不足者，亦不能至也；有志与力，而又不随以怠，至于幽暗昏惑而无物以相[7]之，亦不能至也。然力足以至焉[8]，于人为可讥，而在己为有悔；尽吾志也而不能至者，可以无悔矣，其[9]孰能讥之乎？此予之所得也。

予于仆碑，又以悲夫古书之不存，后世之谬其传而莫能名者，何可胜道也哉！此所以学者不可以不深思而慎取之也。

---

6 咎：责怪。

7 相（xiàng）：帮助，辅助。

8 焉：兼词，相当于"于此"。

9 其：语气副词，难道。

四人者：庐陵[10]萧君圭[11]君玉，长乐[12]王回[13]深父，予弟安国平父[14]、安上纯父[15]。至和元年七月某日，临川王某记。

10 庐陵：今江西吉安。
11 萧君圭：字君玉。
12 长乐：今福建福州市长乐区。
13 王回：字深父，福州侯官人，宋代理学家。
14 安国平父：王安国，字平父，王安石长弟。
15 安上纯父：王安上，字纯父，王安石幼弟。

王安石（1021—1086），字介甫，号半山，抚州临川（今江西抚州）人，庆历二年（1042）进士，宋代政治家、文学家，官至宰相，积极推行变法。谥号文，世称王文公。王安石的诗、词、文都很有造诣，其被称为"唐宋八大家"之一。今有《王文公文集》《临川先生文集》两种。

《游褒禅山记》是借记游抒发感慨的名篇，王安石的议论一向以见解独到著称。本文从未能尽兴探索洞穴深处、身临其境一览胜景的遗憾出发，联想到人世间创事业、做学问都会经历的心理历程。人同此心，心同此理，着重指出世间不同寻常的美丽风光常常在险远的地方才能欣赏，要建立不同寻常的功业也必须历尽艰辛，不是有志向、有毅力、有主见、有韧性并得到一定外界条件支持的人是很难坚持下去到达目的地的。正如王国维先生借宋词名句阐发的古今成大事业、大学问须经历的三大境界一样，王安石的这篇文章也同样启人深思，鼓励后人风雨兼程。

前赤壁赋[1]

宋　苏轼

　　壬戌[2]之秋，七月既望[3]，苏子与客泛舟游于赤壁之下。清风徐来，水波不兴。举酒属[4]客，诵《明月》之诗[5]，歌《窈窕》之章[6]。少焉，月出于东山之上，徘徊于斗牛[7]之间。白露横江，水光接天。纵一苇之所如，凌万顷之茫然。浩浩乎如冯虚御风[8]，而不知其所止；飘飘乎如遗世独立，羽化[9]而登仙。

1　赤壁：指湖北黄冈的赤壁矶。苏轼此时被降为黄州（今湖北黄冈）团练副使。赤壁之战在湖北嘉鱼县东北长江南岸。

2　壬戌：元丰五年（1082）。

3　既望：农历每月十五日叫望，既望是十六日。

4　属（zhǔ）：劝酒。

5　《明月》之诗：指《诗经·陈风·月出》。

6　《窈窕》之章：《诗经·陈风·月出》首章。

7　斗牛：星宿名，斗宿、牛宿。

8　冯（píng）虚御风：乘风遨游。冯，通"凭"。

9　羽化：传说成仙的人能飞升。

于是饮酒乐甚，扣舷[10]而歌之。歌曰："桂棹兮兰桨，击空明兮溯流光。渺渺兮予怀，望美人兮天一方。"客有吹洞箫者，依歌[11]而和之。其声呜呜然，如怨如慕，如泣如诉，余音袅袅，不绝如缕，舞幽壑之潜蛟，泣孤舟之嫠妇[12]。

苏子愀然[13]，正襟危坐而问客曰："何为其然也？"

客曰："'月明星稀，乌鹊南飞'，此非曹孟德之诗乎？西望夏口，东望武昌，山川相缪[14]，郁乎苍苍，此非孟德之困于周郎者乎？方其破荆州、下江陵、顺流而东也，舳舻[15]千里，旌旗蔽空，酾酒临江，横槊[16]赋诗，固一世之雄也，而今安在哉？况吾与子渔樵于江渚之上，侣鱼虾而友麋鹿，驾一叶之扁舟，举匏樽[17]以相属。寄蜉蝣[18]于天地，渺沧海之一粟，哀吾生之须臾，羡长江之无穷。挟飞仙以遨游，抱明月而长终。知不可乎骤得，托遗响于悲风。"

10　扣舷：敲打着船边，指打节拍。

11　依歌：按照歌曲的声调节拍。

12　嫠（lí）妇：寡妇。

13　愀（qiǎo）然：忧愁而容色改变的样子。

14　缪（liǎo）：通"缭"，盘绕。

15　舳舻：指长方形战船。

16　槊：长矛。

17　匏（páo）樽：酒器。匏，一种葫芦。

18　蜉蝣：一种朝生暮死的昆虫，夏秋之交生于水边，存活时间很短。

苏子曰："客亦知夫水与月乎？逝者如斯[19]，而未尝往也；盈虚者如彼，而卒莫消长也。盖将自其变者而观之，则天地曾不能[20]以一瞬；自其不变者而观之，则物与我皆无尽也，而又何羡乎？且夫天地之间，物各有主；苟非吾之所有，虽一毫而莫取。惟江上之清风，与山间之明月，耳得之而为声，目遇之而成色，取之无禁，用之不竭，是造物者之无尽藏也，而吾与子之所共适。"

客喜而笑，洗盏更酌，肴核[21]既尽，杯盘狼籍。相与枕藉[22]乎舟中，不知东方之既白。

19　逝者如斯：《论语·子罕》："子在川上曰：'逝者如斯夫，不舍昼夜。'"

20　曾（zēng）不能：连……都不够。

21　肴核：菜肴和果品。

22　相与枕藉：相互靠着睡觉。

苏轼（1037—1101），字子瞻，号东坡居士，四川眉山人，嘉祐二年（1057）进士。他学识渊博，不仅在诗、词、文、书、画等各方面均有极高成就，开辟前所未有的境界，而且将传统的积极入世精神、刚正不阿的人格力量和来自佛家、老庄的豁达高旷的心灵境界融为一体，表现了古代文人梦寐以求的理想人格，因此受到后世的极大推崇。他与父苏洵、弟苏辙合称"三苏"。其文纵横恣肆，为"唐宋八大家"之一。其诗题材广阔，善用比喻，风格独具，与黄庭坚并称"苏黄"。词作"指出向上一路"，开辟新境界，与辛弃疾并称"苏辛"。又工书画，位列"宋四家"之首。诗文有《东坡七集》等，词集有《东坡乐府》。

《前赤壁赋》采用传统的主客问答结构，通过夜游赤壁的所见所闻、所思所想，阐发了人生有限、意趣永恒的感慨。取之不尽、用之不绝的清风明月，带给人的快乐也是永恒的，却恰恰"不用一钱买"。身临长江，缅怀今夕，想到浪花淘尽的千古英雄、是非成败，转瞬之际，唯有千古如一的朗月清风、灵秀山水。苏东坡的赤壁之游也成就了千古如新的人文话题，至今还有以此为题材的核雕艺术品。总体来看，这篇文章境界开阔，挥洒自如，情感丰富，妙喻连珠，抒情写景，能见人所未见，发人所未发，呈现出苏轼飘逸潇洒、小舟寄余生的高远境界。

后赤壁赋

宋 苏轼

是岁十月之望，步自雪堂[1]，将归于临皋[2]。二客从予，过黄泥之坂[3]。霜露既降，木叶[4]尽脱，人影在地，仰见明月。顾而乐之，行歌相答。

已而叹曰："有客无酒，有酒无肴，月白风清，如此良夜何！"客曰："今者薄暮[5]，举网得鱼，巨口细鳞，状如松江[6]之鲈。顾[7]安所得酒乎？"归而谋诸[8]妇。妇曰："我有斗酒，藏之久矣，以待子不时之需。"

---

1 雪堂：苏轼在黄州所建的自住房屋。

2 临皋（gāo）：指临皋馆，苏轼的住所。

3 坂：斜坡，山坡。

4 木叶：树叶。

5 薄暮：傍晚。薄，迫，逼近。

6 松江：今属上海。

7 顾：可是。

8 诸：相当于"之于"。

于是携酒与鱼，复游于赤壁之下。江流有声，断岸千尺[9]，山高月小，水落石出。曾日月之几何，而江山不可复识矣！予乃摄衣而上，履巉岩[10]，披[11]蒙茸[12]，踞虎豹，登虬龙，攀栖鹘[13]之危巢，俯冯夷[14]之幽宫。盖二客不能从焉。划然长啸，草木震动，山鸣谷应，风起水涌。予亦悄然而悲，肃然而恐，凛乎其不可留也。返而登舟，放乎中流，听其所止而休焉。时夜将半，四顾寂寥。适有孤鹤，横江东来，翅如车轮，玄裳缟衣[15]，戛然长鸣，掠予舟而西也。

须臾客去，予亦就睡。梦一道士，羽衣翩跹[16]，过临皋之下，揖予而言曰："赤壁之游乐乎？"问其姓名，俯而不答。"呜呼噫嘻！我知之矣。畴昔[17]之夜，飞鸣而过我者，非子也耶？"道士顾笑，予亦惊寤。开户视之，不见其处。

9　断岸千尺：江岸上山壁峭立，高达千尺。

10　巉（chán）岩：险峻的山石。

11　披：分开。

12　蒙茸：杂草茂盛。

13　鹘（hú）：隼，鹰的一种。

14　冯（píng）夷：水神名。

15　玄裳缟衣：下裙是黑的，上衣是白的。玄，黑。裳，下裙。缟，白色丝织品。衣，上衣。

16　翩跹：轻快地走着。

17　畴昔：往昔。畴，语助词，没有实在的意思。

作者简介见《前赤壁赋》。

《后赤壁赋》沿用了赋体主客问答的传统格局，通过描写畅快的长江月夜之游，抒发了自己处身江山之中，在登山、临水、长啸之际对生命和身世的感慨。全文骈散并用，情景兼备，堪称优美的散文诗。

本文的构思虚实相间，充满浪漫气息，能让我们领略到东坡先生超然物外、逍遥自适的洒落情怀。文中的孤鹤，既是实写也是虚构，梦境与现实交相辉映，更加衬托出作者时常发出的人生如梦的感怀。孤独、寂寞、高贵、幽雅的孤鹤历来便是道家的神物，乘鹤是道化升仙、超然脱俗的象征，苏轼不仅借孤鹤表达自己那种高贵幽雅、超凡脱俗、自由自在的心境，更表现了超越现实的遗世独立的精神。

石钟山记[1]

宋 苏轼

《水经》云："彭蠡[2]之口有石钟山焉。"郦元[3]以为下临深潭，微风鼓浪，水石相搏，声如洪钟。是说也，人常疑之。今以钟磬[4]置水中，虽大风浪不能鸣也，而况石乎！至唐李渤[5]始访其遗踪，得双石于潭上，扣而聆之，南声函胡[6]，北音清越[7]，枹[8]止响腾[9]，余韵徐歇。自以为得之矣。然是说也，余

1　石钟山：在江西鄱阳湖东岸，有南、北二山，在县城南边的叫上钟山，在县城北边的叫下钟山。

2　彭蠡：鄱阳湖别称。

3　郦元：即郦道元，著有《水经注》。

4　磬（qìng）：古代石制打击乐器，状如曲尺。

5　李渤：唐代洛阳人，写过《辩石钟山记》。

6　函胡：同"含糊"，重浊、模糊。

7　清越：清脆而响亮。

8　枹（fú）：同"桴"，鼓槌。

9　腾：传播。

尤疑之。石之铿然[10]有声者，所在皆是也，而此独以钟名，何哉？

元丰七年六月丁丑，余自齐安[11]舟行适临汝[12]，而长子迈将赴饶之德兴尉，送之至湖口，因得观所谓石钟者。

寺僧使小童持斧，于乱石间择其一二扣之，硿硿[13]然，余固笑而不信也。至莫夜月明，独与迈乘小舟至绝壁下。大石侧立千尺，如猛兽奇鬼，森然欲搏人；而山上栖鹘，闻人声亦惊起，磔磔[14]云霄间；又有若老人欬且笑于山谷中者，或曰："此鹳鹤[15]也。"余方心动欲还，而大声发于水上，噌吰[16]如钟鼓声不绝。舟人大恐。徐而察之，则山下皆石穴罅，不知其浅深，微波入焉，涵澹[17]澎湃而为此也。舟回至两山间，将入港口，有大石当中流，可坐百人，空中而多窍，与风水相吞吐，有窾坎[18]镗鞳[19]之声，与向之噌吰者相应，如乐作焉。因笑谓

10　铿然：响亮的声音。

11　齐安：黄州，今湖北黄冈。

12　临汝：即汝州（今属河南）。

13　硿（kōng）硿：石落声。

14　磔（zhé）磔：鸟鸣声。

15　鹳鹤：水鸟名，似鹤而顶不红，颈和嘴都比鹤长。

16　噌吰（chēng hóng）：形容钟声洪亮。

17　涵澹：水波旋转流动的样子。

18　窾（kuǎn）坎：击物声。

19　镗鞳（táng tà）：钟鼓声。

迈曰:"汝识之乎？噌吰者，周景王之无射[20]也；窾坎镗鞳者，魏庄子之歌钟[21]也。古之人不余欺也！"

事不目见耳闻而臆断其有无，可乎？郦元之所见闻殆与余同，而言之不详；士大夫终不肯以小舟夜泊绝壁之下，故莫能知；而渔工水师虽知而不能言，此世所以不传也。而陋者乃以斧斤考击而求之，自以为得其实。余是以记之，盖叹郦元之简，而笑李渤之陋也。

20　无射（yì）:《国语》记载，周景王二十三年（前522）铸成"无射"钟。
21　歌钟: 古乐器，《左传》记载，鲁襄公十一年（前561）郑人以歌钟和其他乐器献给晋侯，晋侯分一半赐给晋大夫魏绛。

作者简介见《前赤壁赋》。

苏轼一生历经坎坷，最惊险的是在元丰二年（1079）八月，因"乌台诗案"被逮捕入狱，险些丧命，出狱后被贬到黄州做团练副使。元丰七年（1084），他又调任汝州团练副使，途中与长子苏迈同游石钟山，写了这篇文章。

本文叙述了苏轼通过实地考察，辨明前人关于石钟山命名原因的两种解释的是非，由此说明凡事不能主观臆断的道理，是宋人游记中叙事议论相结合的典范之作。开头引用古人的说法提出关于石钟山命名由来的疑问，然后叙述自己实地勘察的经过，并细致形象地描摹了石钟山的景物，可谓情景交融、生动形象。他不畏艰险、求真务实的探索精神十分难能可贵，令人肃然起敬。

记承天寺夜游[1]

宋 苏轼

元丰六年[2]十月十二日夜，解衣欲睡，月色入户，欣然起行。念无与为乐者，遂至承天寺寻张怀民[3]。怀民亦未寝，相与步于中庭。庭下如积水空明[4]，水中藻、荇[5]交横，盖竹柏影也。何夜无月？何处无竹柏？但少闲人如吾两人者耳。

---

1 承天寺：故址在今湖北黄冈市城南。

2 元丰六年：公元1083年。

3 张怀民：名梦得，字怀民，清河（今属河北）人，曾寓居承天寺。

4 空明：形容月光如水般澄澈。

5 藻、荇（xíng）：水草。

作者简介见《前赤壁赋》。

这篇短文写于苏轼贬官黄州时，文中记录了一次"乘兴所致"的夜游，所在之地并非名山胜境，令他感动落笔的是此时此地洒满院落的月光。作者在《前赤壁赋》中说过，"惟江上之清风，与山间之明月，耳得之而为声，目遇之而成色，取之无禁，用之不竭，是造物者之无尽藏也"。沐浴在承天寺澄澈的月色之下，苏轼的心灵也仿佛受到了月华的洗礼，收获了精神上的愉悦和慰藉。

月光是皎洁纯净的，苏轼的文字也同样洗练、干净，虚实相间，错落有致，酷似一幅清新隽永的写意画，展示着纯净、自然、朦胧的美。

武昌[1]九曲亭[2]记

宋　苏辙

子瞻迁于齐安[3]，庐于江上。齐安无名山，而江之南武昌诸山，陂陁[4]蔓延，涧谷深密。中有浮图精舍，西曰西山[5]，东曰寒溪[6]，依山临壑，隐蔽松枥[7]，萧然绝俗，车马之迹不至。每风止日出，江水伏息。子瞻杖策载酒。乘渔舟乱流[8]而南，山中有二三子，好客而喜游，闻子瞻至，幅巾迎笑，相携徜徉而上，穷山之深，力极而息，扫叶席草，酌酒相劳，意适忘反，往往留宿于山上，以此居齐安三年，不知其久也。

1　武昌：今湖北省鄂州市。
2　九曲亭：旧址在鄂州市西山九曲岭，为孙吴遗迹，苏轼重建。
3　齐安：古郡名，即黄州，今湖北黄冈。
4　陂陁（pō tuó）：倾斜不平的样子。
5　西山：即樊山，在鄂州西，上有九曲岭，这里指西山寺。
6　寒溪：水名，在樊山下，这里指寒溪寺，一名资圣寺。
7　枥：同"栎"，即柞树。
8　乱流：横绝江水。

然将适西山，行于松柏之间，羊肠九曲而获小平，游者至此必息。倚怪石，荫茂木，俯视大江，仰瞻陵阜[9]，旁瞩溪谷，风云变化，林麓向背，皆效于左右。有废亭焉，其遗址甚狭，不足以席众客。其旁古木数十，其大皆百围千尺，不可加以斤斧。子瞻每至其下，辄睥睨[10]终日。一旦大风雷雨，拔去其一，斥[11]其所据，亭得以广。子瞻与客入山视之，笑曰："兹欲以成吾亭耶？"遂相与营之。亭成而西山之胜始具，子瞻于是最乐。

昔余少年，从子瞻游。有山可登，有水可浮，子瞻未始不褰裳[12]先之。有不得至，为之怅然移日。至其翩然独往，逍遥泉石之上，撷[13]林卉，拾涧实，酌水而饮之，见者以为仙也。盖天下之乐无穷，而以适意为悦。方其得意，万物无以易之；及其既厌[14]，未有不洒然自笑者也。譬之饮食，杂陈于前，要之[15]一饱，而同委于臭腐。夫孰知得失之所在？惟其无愧于中，无责于外，而姑寓[16]焉，此子瞻之所以有乐于是也。

9　陵阜：高山。

10　睥睨（pì nì）：侧目斜视，有所打算。

11　斥：排斥、驱逐。

12　褰（qiān）裳：提起衣服。

13　撷：摘取。

14　厌：满足。

15　要之：总之。

16　寓：住在。

　　苏辙（1039—1112），字子由，号颍滨遗老，眉州眉山（今属四川）人，嘉祐二年（1057）进士，历任翰林学士等。死后追复端明殿学士，谥文定。有《栾城集》。

　　这篇题记虽然题目突出的是九曲亭，实则聚焦苏东坡的洒落襟怀。苏辙在这篇题记中主要叙述了从少年春风得意之际到如今贬谪外放之时，他和兄长苏轼每每寄情山水，登高临远，杖策载酒，与二三好友乘兴所致，力极而息，翩然若仙的快意情景。

　　九曲亭在他们游山途中休息的地方，在大自然的帮助下复建了可供同行友朋休息的亭子，于是"西山之胜始具，子瞻于是最乐"。最后苏辙总结了天下快乐的源泉在于适意，无愧与中，无责于外，随遇而安，才有机会享受这神仙般的快乐。

黄州快哉亭记[1]

宋 苏辙

　　江出西陵[2]，始得平地，其流奔放肆大。南合湘沅[3]，北合汉、沔[4]，其势益张；至于赤壁[5]之下，波流浸灌，与海相若。清河张君梦得[6]谪居齐安，即其庐之西南为亭，以览观江流之胜，而余兄子瞻名之曰"快哉"。

　　盖亭之所见，南北百里，东西一舍[7]。涛澜汹涌，风云开阖[8]。昼则舟楫出没于其前，夜则鱼龙悲啸于其下。变化倏忽，动心骇目，

1　快哉亭：位于黄州城南。

2　西陵：西陵峡，长江三峡之一，今湖北宜昌西北。

3　沅：沅水（也称沅江）。

4　汉、沔（miǎn）：汉水。汉水源出陕西宁强北，流经陕西沔县（即今勉县），称沔水，又东经襃城，纳襃水，始称汉水。

5　赤壁：赤壁矶，现湖北黄冈城外。

6　张君梦得：张梦得，字怀民，苏轼友人。

7　一舍（shè）：三十里。

8　阖（hé）：闭合。

不可久视。今乃得玩之几席之上，举目而足。西望武昌诸山，冈陵起伏，草木行列，烟消日出，渔夫、樵父之舍，皆可指数。此其所以为"快哉"者也。至于长洲之滨，故城之墟，曹孟德、孙仲谋之所睥睨，周瑜、陆逊之所骋骛[9]，其流风遗迹，亦足以称快世俗。

昔楚襄王从宋玉、景差于兰台之宫，有风飒然至者，王披襟当之，曰："快哉此风！寡人所与庶人共者耶？"宋玉曰："此独大王之雄风耳，庶人安得共之！"玉之言，盖有讽焉。夫风无雄雌之异，而人有遇不遇之变。楚王之所以为乐，与庶人之所以为忧，此则人之变也，而风何与焉？士生于世，使其中不自得，将何往而非病？使其中坦然，不以物伤性，将何适而非快？今张君不以谪为患，收会计[10]之余功，而自放山水之间，此其中宜有以过人者。将蓬户[11]瓮牖[12]，无所不快；而况乎濯长江之清流，揖西山之白云，穷耳目之胜以自适也哉！不然，连山绝壑，长林古木，振之以清风，照之以明月，此皆骚人思士之所以悲伤憔悴而不能胜者，乌睹其为快也哉！

元丰六年十一月朔日，赵郡[13]苏辙记。

9　骋骛：驰骋纵横。

10　会计：指掌管征收钱谷、赋税等行政事务。

11　蓬户：用蓬草编门。

12　瓮牖：用破瓮做窗。

13　赵郡：苏辙先世为赵郡栾城（今河北赵县）人。

　　作者简介见《武昌九曲亭记》。

　　这篇文章作于被贬官期间，那时苏辙在政治上处于逆境。他和其兄苏轼一样，具有一种旷达的情怀，故一篇之中而"快"字七出，极写其观赏形胜与览古之绝，抒发其不以个人得失为怀的思想感情。

　　文章以快哉亭为基点，描绘了周围长江上下的景象，波涛汹涌，山峦起伏，令人襟怀舒畅；又通过联想叙述曹孟德、孙仲谋、周瑜、陆逊等一系列英雄豪杰的流风遗迹，让人畅快。全文紧贴"快哉"二字，纵横时空加以阐释，风格雄放而雅致，笔势纤徐而畅达，叙议结合，情景交融，寄寓了处身逆境的士大夫摆脱悲伤憔悴、寄情山水、涵养浩然正气的情怀。

龙井题名记[1][2]

宋 秦观

元丰二年[3]中秋后一日，余自吴兴[4]过杭，东还会稽[5]，龙井辨才[6]大师以书邀予入山。比出郭[7]，已日夕。航[8]湖至普宁[9]，遇道人参寥[10]，问龙井所遣篮舆[11]，则曰："以不时至，去矣。"

是夕，天宇开霁，林间月明，可数毛发。遂弃舟，从参

1　龙井：在今浙江杭州市西风篁岭上，本名龙泓，原指山泉，龙井是以泉名井。附近环山产茶，即著名的西湖龙井茶。

2　题名：题写姓名，以留作纪念。

3　元丰二年：公元1079年。

4　吴兴：今浙江省湖州市吴兴区。

5　会稽：今浙江绍兴。

6　辨才：法名元净，曾在灵隐山天竺寺讲经，元丰二年退居寿圣院。

7　郭：外城，这里指杭州城。

8　航：渡。

9　航：渡。

10　道人：即僧人。参寥：法号道潜，自号参寥子，有诗名。

11　篮舆：竹轿。

寥策杖并湖^{12}而行，出雷峰^{13}，度南屏^{14}，濯足于惠因涧，入灵石坞^{15}，得支径，上风篁岭，憩龙井亭，酌泉据石而饮之。

自普宁凡经佛寺十，皆寂不闻人声，道旁庐舍，或灯火隐显，草木深郁，流水激激悲鸣，殆非人间有也。行二鼓矣，始至寿圣院^{16}，谒辨才于潮音堂。明日乃还。

12　并湖：沿湖。

13　雷峰：峰名，在杭州西湖南岸夕照山，有雷峰塔。

14　南屏：山名，在杭州清波门西南九曜山东。

15　灵石坞：山名，在杭州小麦岭西南，一名积庆山。

16　寿圣院：寺院名，即龙井延恩衍庆院，离龙井约一里地。

秦观（1049—1100），字少游、太虚，号淮海居士，高邮（今属江苏）人，宋神宗元丰八年（1085）进士，官至国史馆编修。"苏门四学士"之一。有《淮海集》《淮海居士长短句》。

这篇题记以入山访友为线索，具体地记述了出城、过西湖、登山的所见所闻，描写了霁月映照之下西湖山林、流水、庐舍的清幽，一路走来，上山、濯足、饮泉，处处宛如仙境。秦观对景物的敏锐观察与精细描绘，特别是用精练的词句营造出清幽的气氛，完美体现了他的诗人气质和独特眼光。比如："自普宁凡经佛寺十，皆寂不闻人声，道旁庐舍或灯火隐显，草木深郁，流水激激悲鸣，殆非人间有也。"简单的一句话，给人的印象却是整个寺庙群的清幽、宁和，伴随着流水的清响，更显其幽静。

新城游北山记[1][2]

宋　晁补之

去新城之北三十里，山渐深，草木泉石渐幽，初犹骑行石齿[3]间。旁皆大松，曲者如盖[4]，直者如幢[5]，立者如人，卧者如虬。松下草间有泉，沮洳[6]伏见，堕石井，锵然而鸣。松间藤数十尺，蜿蜒如大蚖[7]，其上有鸟，黑如鸲鹆[8]，赤冠长喙，俯而啄，磔然[9]有声。稍西，一峰高绝，有蹊介然，仅可步，

1　新城：宋代杭州属县，今为杭州市富阳区。

2　北山：官山，在新城北。

3　石齿：指路面有突出的齿状碎石。

4　盖：车盖。盖柄弯曲，故形容曲松。

5　幢（chuáng）：旧时刻着佛号或经咒的石柱。

6　沮洳（rù）：低湿的地方。

7　大蚖（wán）：蝮蛇。

8　鸲鹆（qú yù）：八哥。

9　磔然：鸟鸣声。

系马石嘴[10]，相扶携而上。篁筱[11]仰不见日，如四五里乃闻溪声。有僧布袍蹑履[12]来迎，与之语，愕而顾，如麋鹿不可接。顶有屋数十间，曲折依崖壁为栏楯[13]，如蜗鼠缭绕，乃得出，门牖相值。既坐，山风飒飒而至，堂殿铃铎[14]皆鸣。二三子相顾而惊，不知身之在何境也。且暮，皆宿于是。时九月，天高露清，山空月明，仰视星斗，皆光大，如适在人上。窗间竹数十竿相摩戛[15]，声切切不已。竹间梅、棕[16]森然，如鬼魅离立突兀之状。二三子又往顾魄动，而不得寐。迟明[17]，皆去。

既还家数日，犹恍惚若有遇，因追记之。后不复到，然往往想见其事也。

10　石嘴：石角。

11　篁筱（huáng xiǎo）：丛生的修竹。

12　布袍蹑履：穿着袍子、鞋子。

13　栏楯（shǔn）：栅栏。直为栏，横为楯。

14　铎：大铃。

15　摩戛（jiá）：摩擦相击。

16　棕：棕榈树。

17　迟（zhì）明：黎明，天快亮的时候。

晁补之（1053—1110），字无咎，号济北，晚号归来子，济州巨野（今属山东）人，元丰二年（1079）进士，历任吏部员外郎等，后遭贬谪，还居故里。他工书画，善诗词文，是"苏门四学士"之一。有诗文集《鸡肋集》和词集《晁氏琴趣外篇》等。

作者是诗词高手，同时擅长绘画，因而在本文中我们可以看到非同一般的景物描写和感觉刻画。开篇一句话就点出北山的特点：深幽。接下来作者先写骑马走在逼仄的山路上见到的山景：路边横竖坐卧奇形怪状的松树、松下草间锵然响动的泉水、大蛇一般的古藤以及长相奇特的山鸟，这一系列的景物色彩感极强，且动静结合，画面布局富有意境，给人幽深、空寂的感觉，烘托出阴森、肃杀的气氛。

接下来写下马上山后在寺院的见闻，山风吹来，殿堂铃铎响动，恍如仙境。九月时节，天高露清，山空月明，星斗闪耀头顶，窗间绿竹随风响动，切切不已，形如鬼魅，居然令客人们夜不能寐。读到这里，一下子就觉得身临其境，感同身受。用朴素准确的文字把瞬时的画面、奇异的感受保存下来，传之久远，正是文学艺术所独具的特别功能，这篇游记可以说为我们树立了一个典范。

入蜀记·过巫山[1]

凝真观

宋 陆游

二十三日，过巫山凝真观，谒妙用真人[2]祠。真人即世所谓巫山神女[3]也。祠正对巫山，峰峦上入霄汉，山脚直插江中，议者谓太华[4]、衡[5]、庐，皆无此奇。然十二峰[6]者不可悉见，所见八九峰，惟神女峰[7]最为纤丽奇峭，宜为仙真[8]所托。祝

1　巫山：位于重庆、湖北两省市边境，因山势曲折盘错，形如"巫"字而得名。

2　妙用真人：后世给巫山神女加的封号。

3　巫山神女：晋人习凿齿撰《襄阳耆旧传》记载："赤帝（古代传说的五天帝之一）女曰瑶姬，未行（未出嫁）而卒，葬于巫山之阳，故曰巫山之女。楚怀王游于高唐，昼寝，梦见与神遇，自称是巫山之女，王因幸之，遂为置观于巫山之南，号为朝云。"（据《文选·高唐赋》李善注引）

4　太华：即西岳华山，在陕西华阴境内。

5　衡：即南岳衡山，在湖南境内。

6　十二峰：即巫山十二峰，据《方舆胜览》载，它们的名称是望霞（神女）、翠屏、朝云、松峦、集仙、聚鹤、净坛、上升、起云、飞凤、登龙、圣泉，并列长江两岸。

7　神女峰：即望霞峰。

8　仙真：指巫山神女。

史[9]云："每八月十五夜月明时，有丝竹之音[10]，往来峰顶，山猿皆鸣，达旦方渐止。"庙后，山半有石坛，平旷。传云："夏禹见神女，授符书于此[11]。"坛上观十二峰，宛如屏障。是日，天宇晴霁，四顾无纤翳，惟神女峰上有白云数片，如鸾鹤翔舞徘徊，久之不散，亦可异也。

9　祝史：祠中主持祭祀者。

10　丝竹之音：管弦音乐。

11　"夏禹"二句：这是关于巫山神女的另一个传说。据《禹穴纪异》《墉城集仙录》所记，神女从东海游玩回来，路过巫山，当时夏禹正为治水驻扎在山下，于是神女命令侍女把"玉篆之书"（即本文所说的"符书"）送给夏禹，并派她的部下帮助夏禹。

陆游（1125—1210），字务观，号放翁，越州山阴（今浙江绍兴）人，南宋诗人，创作诗歌今存九千多首。有《剑南诗稿》《渭南文集》《老学庵笔记》等。

《入蜀记》是陆游赴任夔州通判途中所作的日记，详细记录了沿路所见所闻，既有对山水景物的描写、名胜古迹的记录，也涉及沿路所见风土人情，间有对相关记载和诗文的考证评论，行文平实朴素、

语言活泼自然，在朴实的叙述中流露着作者的志趣。

本文写的是三峡巫山神女峰，作者把眼见的景观与流传的传说故事融为一体，娓娓道来，情景交融，恍如仙境。特别是"天宇晴霁，四顾无纤翳，惟神女峰上有白云数片，如鸾鹤翔舞徘徊，久之不散"，简单的几句话就让神女峰充满了神秘感，宛如神女再生，令人无限神往。

峨眉山行记（节选）

宋
范成大

　　过新店、八十四盘、娑罗[1]平。娑罗者，其木华如海桐[2]，又似杨梅[3]，花红白色，春夏间开，惟此山有之；如登山半即见之，至此满山皆是。大抵大峨之上，凡草木禽虫，悉非世间所有。昔固传闻，今亲验之。余来以季夏，数日前雪大降，木叶犹有雪渍斓斑之迹。草木之异，有如八仙[4]而深紫，有如牵牛而大数倍，有如蓼[5]而浅青。闻春时异花尤多，但是时山寒，人鲜能识之。草叶之异者，亦不可胜数。山高多风，木

1　娑罗：常绿乔木。宋代宋祁《益部方物略记》："娑罗花，生峨眉山中，类枇杷，数萼合房，春开，叶在表，花在中。"

2　海桐：一种常绿灌木，生长在福建、广东一带的海边上。叶互生，有光泽，长椭圆状倒卵形。

3　杨梅：一种常绿乔木，叶长椭圆形倒披针形，质厚而光滑。

4　八仙：也叫绣球花，是一种落叶灌木，七八月间开出淡紫色的球状花朵。

5　蓼：一年生或多年生草本植物，叶披针形，花小，白色，略带红晕，生长在河边与水中。

不能长，枝悉下垂。古苔如乱发，鬖鬖⁶挂木上，垂至地，长数丈。又有塔松，状似杉而叶圆细，亦不能高，重重偃蹇⁷如浮图，至山顶尤多。又断无鸟雀，盖山高，飞不能上。

　　自娑罗平过思佛亭、软草平、洗脚溪，遂极峰顶光相寺⁸，亦板屋数十间，无人居，中间有普贤⁹小殿。以上卯初登山，至此已申后。初辰暑路，渐高渐寒，到八十四盘则骤寒。比及山顶，亟挟纩¹⁰两重，又加毳¹¹衲、驼茸之裘，尽衣笥中所藏。系重巾，摄毡，犹凛栗不自持，则炽炭拥炉危坐。山顶有泉，煮米不成饭，但碎如砂粒。万古冰雪之汁，不能熟物，余前知之，自山下携水一缶来，财¹²自足也。

　　移顷，冒寒登天仙桥，至光明岩，炷香，小殿上木皮盖之。王瞻叔¹³参政尝易以瓦，为雪霜所薄，一年辄碎，后复以木皮易之，翻可二三年。人云："佛现¹⁴悉以午，今已申后，不若

6　鬖鬖（sān sān）：毛发下垂的样子。

7　偃蹇：高耸，夭矫的样子，这里有稳立之意。

8　光相寺：唐宋前叫光普殿，在大峨山顶上。

9　普贤：菩萨名。与文殊菩萨合称佛门二圣。

10　纩：丝绵，这里指丝绵衣服。

11　毳（cuì）：鸟兽的细毛。

12　财：通"才"。

13　王瞻叔：名之望，宋高宗绍兴年间进士，孝宗时官至参知政事。

14　佛现：又叫佛光或峨眉宝光。

归舍，明日复来。"逡巡，忽云出岩下旁谷中，即雷洞山也。云行勃勃如队仗，既当岩则少驻。云头现大圆光，杂色之晕数重，倚立相对，中有水墨影，若仙圣跨象者。盝茶顷，光没，而其旁复现一光如前，有顷亦没。云中复有金光两道，横射岩腹，人亦谓之"小现"。日暮，云物皆散，四山寂然。乙夜[15]灯[16]出，岩下遍满，弥望以千百计。夜寒甚，不可久立。

丙申[17]，复登岩[18]眺望，岩后岷山万重，少北则瓦屋山，在雅州[19]。少南则大瓦屋，近南诸，形状宛然瓦屋一间也。小瓦屋亦有光相[20]，谓之"辟支佛[21]现"。此诸山之后即西域雪山，崔嵬刻削，凡数十百峰，初日照之，雪色洞明，如烂银晃耀曙光中，此雪自古至今，未尝消也。山绵延入天竺诸蕃，相去不知几千里，望之但如在几案间，瑰奇胜观，真冠平生矣。

复诣岩殿致祷，俄氛雾四起，混然一白，僧云："银色世界也。"有顷，大雨倾注，氛雾辟易，僧云："洗岩雨也，佛

15　乙夜：二更时分，晚上十点左右。

16　灯：即所谓圣灯或神灯。

17　丙申：淳熙四年（1177）六月二十八日。

18　岩：指光明岩。

19　雅州：今四川省雅安县。

20　光相：与下文"相光"义同，即佛光。

21　辟支佛：辟支迦佛陀的简称，意译为"缘觉"或"独觉"。

将大现。"兜罗锦云[22]复布岩下，纷郁而上，将至岩数丈辄止，云平如玉地。时雨点犹余飞，俯视岩腹，有大圆光偃卧平云之上，外晕三重，每重有青黄红绿之色。光至正中，虚明凝湛[23]，观者各自见其形，现于虚明之处，毫厘无隐，一如对镜，举手动足，影皆随形，而不见旁人。僧云："摄身光也。"此光既没，前山风起云驰。风云之间，复出大圆相光横亘数山，尽诸异色合集成采，峰峦草木皆鲜妍绚蒨，不可正视。云雾既散，而此光独明，人谓之"清现"。凡佛光欲现，必先布云，所谓兜罗绵世界。光相依云而出，其不依云，则谓之"清现"，极难得。食顷，光渐移，过山而左顾雷洞山上，复出一光，如前而差小。须臾，亦飞行过山外，至平野间转徙，得得[24]与岩正相直，色状具变，遂为金桥，大略如吴江垂虹[25]，而坦[26]有紫云捧之。凡自午至未，云物净尽，谓之"收岩"，独金桥现至酉后始没。

22　兜罗绵云：像兜罗绵一般的云。兜罗：也写作"妒罗"，树名，它所生的絮叫兜罗绵。

23　凝湛：凝聚澄清。

24　得得：唐代方言，等于说"特地"，这里可作"恰恰"解。

25　吴江垂虹：吴江的垂虹桥，在江苏吴江县东。

26　坦：桥。

　　范成大（1126—1193），字至能，一字幼元，平江府吴县（今江苏苏州）人，绍兴二十四年（1154）进士，累官礼部员外郎兼崇政殿说书，自号石湖居士，与杨万里、陆游、尤袤合称南宋"中兴四大诗人"。存世有《石湖居士诗集》《吴船录》等。

　　本文选自《吴船录》，这部书是范成大记录在淳熙四年（1177）五月离开成都回朝路上所见所闻的名胜古迹，是与陆游的《入蜀记》齐名的日记体游记。在本文所选片段中，作者聚焦峨眉山，尤其是号称天下绝观的峨眉峰顶，再现了峨眉的佛光，写活了峨眉的奇美形象，达到了八百多年之后依然常读常新、色香不败的境地。

　　范成大写峨眉山，没有拘泥于一山一水、一刹一舍的记述和描写。他从整体上写峨眉，选取最足以显示峨眉特征的"佛光"来表现，这是大手笔的眼光。写"佛光"的文字精彩至极，显示出作者精湛的技法、深厚的功力。这篇散文写山水草木之奇，如实记录自然景物的特点和不同寻常的自然现象，写"佛光"显现的过程和状貌，流露出不一般的理性思维和科学探索精神。

观月记

宋 张孝祥

　　月极明于中秋，观中秋之月，临水胜；临水之观，宜独往；独往之地，去人远者又胜也。然中秋多无月，城郭宫室安得皆临水？盖有之矣，若夫远去人迹，则必空旷幽绝之地，诚有好奇之士，亦安能独行以夜而之空旷幽绝，蕲顷刻之玩也哉！今余之游金沙堆[1]，其具是四美[2]者与？

　　盖余以八月之望过洞庭，天无纤云，月白如昼。沙当洞庭、青草[3]之中，其高十仞，四环之水，近者犹数百里。余系船其下，尽却童隶而登焉。沙之色正黄，与月相夺[4]；水如玉盘，沙如

1　金沙堆：由湖沙堆积而成的小岛，在洞庭湖与青草湖之间。
2　四美：指赏月最理想的四个条件：中秋月，临水之观，独往，去人远。
3　青草：湖名，亦名巴丘湖，与洞庭湖相连。
4　与月相夺：和月光争辉。

金积，光采激射，体寒目眩，阆风[5]、瑶台[6]、广寒之宫，虽未尝身至其地，当亦如是而止耳。盖中秋之月，临水之观，独往而远人，于是为备。书以为金沙堆观月记。

---

5 阆（làng）风：即阆风巅，传说为神仙居住之处，在昆仑之巅。
6 瑶台：传说在昆仑山上，以五色玉为台基。

张孝祥（1132—1170），字安国，号于湖居士，历阳乌江（今安徽和县）人。绍兴二十四年（1154）进士，善诗文，尤工词，风格宏伟豪放，为豪放派代表作家。有《于湖居士文集》。

乾道二年（1166），张孝祥在知静江府、广南西路经略安抚使任上被免职。从桂林北上，途经洞庭湖，在金沙堆停留，正值中秋，独登观月，写了这篇观月记。

中秋赏月，是中国文化永恒的热门主题，可以说每一个人心目中都有一轮属于自己的"当时明月"。作者在洞庭湖中的金沙堆观赏中秋月色，别有情趣。顾名思义，金沙堆由沙沉积而成，月光之下，金沙与月华交相辉映，水如玉盘，沙如金积，光采激射，极具美感。作者在文章开头就提出观月"四美"之说，谓观月最好是中秋、临水、独往、去人远，表现了作者独特的审美眼光。这篇短文有描写，有议论，有抒情，流畅自如，饶有东坡风致。

南岳游山

唱酬序（节选）

宋 张栻

予三人联骑渡兴乐江。宿雾尽卷，诸峰玉立，心目顿快，遂饭黄精[1]，易竹舆[2]，由马迹桥登山。始皆荒岭弥望，已乃入大林壑。崖边时有积雪，甚快。溪流触石曲折，有声琅琅[3]。日暮，抵方广[4]，气象深窈，八峰环立，所谓莲花峰也。登阁四望，雪月皎皎，寺皆板屋，问老僧，云："用瓦辄为冰雪冻裂，自此如高台[5]、上封[6]，皆然也。"

戊寅[7]，明发，穿小径，入高台寺。门外万竹森然，间为风

---

1 黄精：草本植物，根茎可食用、入药。

2 竹舆：竹轿。

3 琅琅：形容声音清脆。

4 方广：寺名，在莲花峰下。始建于南朝梁时。

5 高台：寺名，在祝融峰下。

6 上封：寺名，在祝融峰上。

7 戊寅：这月十四日。

雪所折，清爽可爱。住山[8]了信有诗声，云："良夜月明，窗牖间有猿啸清甚。"出寺，即行古木寒藤中，阴崖积雪，厚几数尺。望石廪[9]如素锦屏。日影下照，林间冰堕，铿然有声。云阴骤起，飞霰交集，顷之，乃止。出西岭，过天柱[10]，下福岩[11]，望南台，历马祖庵，由寺背以登，路亦不至甚狭，遇险辄有磴可步。陟逾二十余里，过大明寺[12]，有飞雪数点自东岭来，望见上封寺，犹萦纡[13]数里许乃至。山高，草木坚瘦，门外寒松皆拳曲拥肿，樛枝[14]下垂，冰雪凝缀，如苍龙白凤然。寺宇悉以板障蔽，否则云气嘘吸其间，时不辨人物。有穷林阁，侍郎胡公[15]题榜，盖取韩子"云壁潭潭，穷林攸擢"之语。予与二友始息肩，望祝融[16]绝顶，褰裳径往，顶上有石，可坐数十人。时烟霭未尽澄澈，群峰峭立，远近异态。然其外四望，渺然不知所极，如大瀛海环之，真奇观也。湘水环带山下，五折乃北去。寺僧指

8 　住山：即住山僧，留住寺庙的僧人。

9 　石廪：峰名，七十二峰之一。

10 　天柱：峰名，七十二峰之一。

11 　福岩：寺名，即古般若寺，在掷钵峰。

12 　大明寺：在烟霞峰。

13 　萦纡：盘旋曲折。

14 　樛（jiū）枝：向下弯曲的树枝。

15 　胡公：指胡铨，字邦衡，号澹庵，南宋庐陵（今江西吉安）人。高宗时，他反对和议，上书请斩秦桧等三人，被流放岭南。孝宗即位，胡铨恢复官职，后又升为工部侍郎。

16 　祝融：衡山主峰。

苍莽中云："洞庭在焉。"晚居阁上，观晴霞横带千里。夜宿方丈，月照雪屋，寒光射人，泉声隔窗泠然，通夕恍不知此身踞千峰之上也。

己卯[17]，武陵胡实[18]广仲，范彦德[19]伯崇来会。同游仙人桥。路并石，侧足以入，前崖挺出，下临万仞之壑，凛凛不敢久驻。再上绝顶，风劲甚，望见远岫，次第呈露[20]，比昨观殊快。寒威薄人，呼酒，举数酌，犹不胜，拥毡坐乃可支。须臾，云气出岩，复腾涌如馈馏[21]。过南岭，为风所飘，空濛杳霭，顷刻不复见。是夜，风大作。

庚辰[22]，未晓，雪击窗有声，惊觉。将下山，寺僧亦谓石磴冰结，即不可步。遂亟由前岭以下，路已滑甚，有跌者。下视白云，瀓浡[23]弥漫，吞吐林谷，真有荡胸之势。欲访李邺侯[24]书堂，则林深路绝，不可往矣。行三十里许，抵岳市，宿胜业寺[25]劲节堂。

17　己卯：这月十五日。

18　胡实：字广仲，崇安（今福建武夷山）人，张栻的老师胡宏的从弟。

19　范彦德：字伯崇，建安（今福建建瓯）人，朱熹的学生。

20　次第呈露：一个一个显现出来。

21　馈（fēn）馏：蒸饭，这里指饭熟时冒出的蒸汽。

22　庚辰：这月十六日。

23　瀓浡（wěng bó）：形容云气涌起。

24　李邺侯：李泌，字长源，中唐时人，官至宰相，封邺县侯，他喜藏书，在衡山隐居时筑有书堂。韩愈《送诸葛觉往随州读书》"邺侯家多书，插架三万轴。——悬牙签，新若手未触。"

25　胜业寺：在岳庙前。

　　张栻（1133—1180），字敬夫，号南轩，绵竹（今属四川）人，后徙居衡阳。官至吏部侍郎、右文殿修撰。南宋理学家，与朱熹、吕祖谦为友，时称东南三贤。有《南轩先生文集》。

　　本文记述了作者与朱熹等友人的衡山之游，以记游写景为主线，同时注入自身的志趣感怀，通过形象生动的记述把写景同表现志趣情怀和谐地结合在一起。文章开头，作者用"联"字和"快"字，点出了全文围绕的中心，二者并行推进，交相辉映，将文章一步步推向高峰。

　　大家行进在古木寒藤中，"阴崖积雪，厚几数尺。望石廪如素锦屏。日影下照，林间冰堕，铿然有声。云阴骤起，飞霰交集"，可以说是景愈胜而心愈快；上到峰顶，则云海茫茫、晴霞横带，月照雪屋、泉声泠然，真可谓胜绝而快极，直使作者"恍不知此身踞千峰之上也"；次日再上绝顶，极目眺望，见远山一一显现，真可谓"一览众山小"。

游东林山水记[1]

宋 王质

绍兴二十八年[2]八月三日，欲夕，步自阛阓[3]中出，并溪南行百步，背溪而西又百步，复并溪南行。溪上下色皆重碧，幽邃靖深，意若不欲流。溪未穷，得支径，西升上数百尺。既竟，其顶隐而青者，或远在一舍外，锐者如簪，缺者如玦，隆者如髻，圆者如璧；长林远树，出没烟霏[4]，聚者如悦，散者如别，整者如戟，乱者如发，于冥蒙中以意命之。水数百脉，支离胶葛[5]，经纬参错，迤者为溪，漫者为汇，断者为沼，涸者为坳。洲汀岛屿，向背离合；青树碧蔓，交罗蒙络。小舟叶叶，

1　东林：山名，在今浙江湖州。

2　绍兴二十八年：1158年。

3　阛阓（huán huì）：街市。

4　出没烟霏：在烟云中时隐时现。"霏"，云飞动的样子。

5　支离胶葛：分散错杂。

纵横进退，摘翠者菱，挽[6]红者莲，举白者鱼，或志得意满而归，或夷犹[7]容与[8]若无所为者。山有浮图宫，长松数十挺，俨立门左右，历历如流水声从空中坠也。既暮，不可留，乃并山北下。冈重岭复，乔木苍苍，月一眉[9]挂修岩巅，迟速若与客俱。尽山足，更换二鼓矣。

翌日，又转北出小桥，并溪东行，又西三四折，及姚君贵聪门。俯门而航，自柳、竹翳密间，循渠而出，又三四曲折，乃得大溪。一色荷花，风自两岸来，红披绿偃，摇荡葳蕤[10]，香气勃郁[11]，冲怀罥[12]袖，掩苒[13]不脱。小驻古柳根，得酒两罂[14]，菱芡[15]数种。复引舟入荷花中，歌豪笑剧，响震溪谷。风起水面，细生鳞甲；流萤班班[16]，奄忽去来。夜既深，山益高且近，森森欲下搏人。天无一点云，星斗张明，错落水中，

6 　挽：拉，牵引，这里指采。

7 　夷犹：同"夷由"，徘徊不前。

8 　容与：安逸自得的样子。

9 　月一眉：指新月。

10 　葳蕤（wēi ruí）：枝叶繁盛下垂的样子。

11 　勃郁：形容气味浓盛。

12 　罥（juàn）：挂。

13 　掩苒：萦绕貌。

14 　罂（yīng）：酒器，口小肚大。

15 　芡（qiàn）：一种浮生水草，实可食用，俗名鸡头。

16 　班班：同"斑斑"，即点点。

如珠走镜[17]，不可收拾。隶而从者曰学童，能嘲哳[18]为百鸟音，如行空山深树间，春禽一两声，翛然[19]使人怅而惊也；曰沈庆，能为歌声，回曲宛转，嘹亮激越，风露助之，其声愈清，凄然使人感而悲也。

追游不两朝昏，而东林之胜殆尽。同行姚贵聪、沈虞卿、周辅及余四人。三君虽纨绮世家，皆积岁忧患；余亦羁旅异乡，家在天西南隅，引领长望而不可归。今而遇此，开口一笑，不偶然矣。皆应曰："嘻！子为之记。"

17　如珠走镜：像圆珠在镜面一般的水上滚来滚去。

18　嘲哳（zhāo zhá）：鸟鸣声。

19　翛（xiāo）然：萧条冷落的样子。

　　王质（1135—1189），字景文，号雪山，兴国（今属江西）人。绍兴三十年（1160）进士，与陆游、张孝祥为友。有《雪山集》。

　　这篇游记写的是秋季东林两日游。第一天主题是登山，写的是居高临下所见东林景致；第二天主题是乘船观荷塘。前面写远景，俯视湖光山色，后面写近景，平视荷塘秋景，作者循序而进，层次分明，娓娓道来。

　　文中刻画山水形状，很见功力，随着视角的移动，对景物的特点给予形象生动的描摹刻画，景致之中都涉及了人的活动，写小舟摘菱、挽荷、捕鱼，而菱青、荷红、鱼白，色彩相间如画，更显生活气息。写荷花满溪，迎风摇曳，红披绿偃，满纸诗意充盈。引舟而入，高歌欢笑，响震溪谷。夜幕降临后风起水面，细生鳞甲，流萤班班，奄忽去来，真是美不胜收。最后以随从精湛的口技、歌唱表演作结，引发了羁旅异乡的惆怅，令人感慨万千。

观潮

宋 周密

浙江 [1] 之潮，天下之伟观也。自既望以至十八日为最盛。方其远出海门 [2]，仅如银线；既而渐近，则玉城雪岭 [3]，际天而来，大声如雷霆，震撼激射，吞天沃日 [4]，势极雄豪。杨诚斋云"海涌银为郭，江横玉系腰"者是也。

每岁京尹 [5] 出浙江亭教阅水军，艨艟 [6] 数百，分列两岸；既而尽奔腾分合五阵之势，并有乘骑、弄旗、标枪、舞刀于水面者，如履平地。倏尔黄烟四起，人物略不相睹，水爆 [7] 轰震，

1　浙江：钱塘江。

2　海门，浙江入海口。

3　玉城雪岭：潮水如白玉城墙、积雪山岭。

4　吞天沃日：遮没天日。沃，浇。

5　京尹：京兆尹，指临安知府。

6　艨艟（méng chōng）：巨型战船。

7　水爆：在水面点放的烟炮。

声如崩山。烟消波静，则一舸无迹，仅有"敌船"为火所焚，随波而逝。

吴儿善泅者数百，皆披发文身，手持十幅大彩旗，争先鼓勇，溯迎而上，出没于鲸波万仞中，腾身百变，而旗尾略不沾湿，以此夸能。而豪民贵宦，争赏银彩。

江干[8]上下十余里间，珠翠罗绮溢目，车马塞途，饮食百物，皆倍穹常时，而僦赁看幕[9]，虽席地不容闲也。禁中[10]例观潮于天开图画[11]，高台下瞰，如在指掌。都民遥瞻黄伞雉扇[12]于九霄之上，真若箫台[13]蓬岛也。

8　江干：江岸，江边。

9　僦（jiù）赁：租赁。　看幕：观潮时搭的幕帐。

10　禁中：指皇宫。

11　天开图画：南宋皇宫中的高台名。见《武林旧事》。

12　黄伞雉扇：指皇帝所用的黄伞羽扇。

13　箫台：指秦穆公为女儿弄玉和女婿萧史建造的凤台，夫妇吹箫引凤，乘凤仙去。事见《列仙传》。

周密（1232—1298），字公谨，号草窗，又号泗水潜夫。祖籍济南，先人因随高宗南渡，流寓吴兴（今浙江湖州）。南宋末年词人，能诗，擅书画。著述宏富，留传诗词有《草窗韵语》等；编有《绝妙好词》；史学笔记有《武林旧事》《齐东野语》等。

本篇选自《武林旧事》，记述钱塘江大潮的壮丽奇观。作者先写潮水奔涌的过程，气势雄豪。接着用比较大的篇幅描绘了当地百姓观

潮的盛况，从官员教阅水军的奔腾分合到弄潮儿在惊涛骇浪中的奋勇出没，呈现出惊心动魄的观潮奇景。

　　作者采取居高临下、由远渐近的写法，着眼于色彩、声音、气势、场面等要素刻画江潮，弄潮儿的形象尤其全面生动细致，特别是他们的装束及跟豪民贵宦的互动，具有很高的史料价值。

雨、风、露、雷，皆出乎天。雨、露有形，物待以滋。雷无形而有声，惟风亦然。

风不能自为声，附于物而有声，非若雷之怒号，訇磕[2]于虚无之中也。惟其附于物而为声，故其声一随于物：大小清浊，可喜可愕，悉随其物之形而生焉。土石厖然，虽附之不能为声；谷虚而大，其声雄以厉；水荡而柔，其声汹以豗[3]。皆不得其中和，使人骇胆而惊心。故独于草木为宜。

而草木之中，叶之大者，其声窒；叶之槁[4]者，其声悲；叶之弱者，其声懦而不扬。是故宜于风者莫如松。

---

1 松风阁：位于今浙江绍兴会稽山上。

2 訇（hōng）磕：大声。

3 豗（huī）：轰响。

4 槁：枯。

盖松之为物，干挺而枝樛，叶细而条长，离奇而龍嵸[5]，潇洒而扶疏，鬖髿[6]而玲珑。故风之过之，不雍不激，疏通畅达，有自然之音；故听之可以解烦黩，涤昏秽[7]，旷神怡情，恬淡寂寥，逍遥太空，与造化游。宜乎适意山林之士乐之而不能违也。

金鸡之峰[8]，有三松焉，不知其几百年矣。微风拂之，声如暗泉飒飒走石濑；稍大，则如奏雅乐[9]；其大风至，则如扬波涛，又如振鼓，隐隐有节奏。

方舟上人为阁其下，而名之曰松风之阁。予尝过而止之，洋洋乎若将留而忘归焉。盖虽在山林，而去人不远，夏不苦暑，冬不酷寒，观于松可以适吾目，听于松可以适吾耳，偃蹇[10]而优游，逍遥而相羊[11]，无外物以汩[12]其心，可以喜乐，可以永日，又何必濯颍水[13]而以为高，登首阳而以为清也哉？

予，四方之寓人也，行止无所定，而于是阁不能忘情，故将与上人别而书此以为之记。时至正十五年七月九日也。

5　龍嵸（lóng sǒng）：高耸。

6　鬖髿（sān suō）：蓬松的样子。

7　昏秽（huì）：黑暗的和肮脏的东西。

8　金鸡之峰：金鸡峰，在浙江绍兴会稽山上。

9　雅乐：正乐。古时把那种正规的、标准的音乐叫作雅乐。

10　偃蹇（jiǎn）：安逸舒适。

11　相羊：徘徊，盘桓。

12　汩（gǔ）：乱。

13　颍水：颍河。源出河南省登封市西的颍谷，东南流至安徽省境内，入淮河。

刘基（1311—1375），字伯温，处州青田（今浙江青田）人。元末进士，明初政治家、文学家。明建国后，拜御史中丞兼太史令。封诚意伯，以弘文馆学士致仕。谥文成。有《诚意伯文集》。

这篇游记开篇围绕风和松展开，引经据典，极尽描摹之能事，全面分析了风和松的各种特点，然后写到金鸡峰上的三棵古松树："微风拂之，声如暗泉……稍大，则如奏雅乐；其大风至，则如扬波涛，又如振鼓。"用四种比喻形象地表现了由小到大的风吹入松林的声音。最终归结到叙述松风阁的修建过程。

游灵岩记[1]

明 高启

吴城[2]东无山，唯西为有山，其峰联岭属，纷纷靡靡，或起或伏，而灵岩居其间，拔奇挺秀，若不肯与众峰列。望之者，咸知其有异也。

山仰行而上，有亭焉，居其半，盖以节行者之力，至此而得少休也。由亭而稍上，有穴窈然，曰西施之洞；有泉泓然[3]，曰浣花之池；皆吴王夫差宴游之遗处也。又其上则有草堂，可以容栖迟；有琴台，可以周眺览；有轩以直洞庭之峰，曰抱翠；有阁以瞰具区[4]之波，曰涵空。虚明动荡，用号奇观。盖专此郡之美者，山；而专此山之美者，阁也。

---

1 灵岩：山名，又称砚石山，在江苏苏州西南，春秋末，吴王夫差建离宫于此，有古迹多处。

2 吴城：吴县县城，今苏州吴中区一带。

3 泓（hóng）然：形容水量大。

4 具区：太湖的古称。

启，吴人，游此虽甚亟，然山每匿幽閟胜[5]，莫可搜剔，如鄙予之陋者。今年春，从淮南行省参知政事[6]临川饶公[7]与客十人复来游。升于高，则山之佳者悠然来。入于奥，则石之奇者突然出。氛岚为之蹇舒[8]，杉桧为之拂舞。幽显巨细，争献厥状，披豁呈露，无有隐循。然后知于此山为始著于今而素昧于昔也。

夫山之异于众者，尚能待人而自见，而况人之异于众者哉！公顾瞻有得，因命客赋诗，而属启为之记。启谓："天于诡奇之地不多设，人于登临之乐不常遇。有其地而非其人，有其人而非其地，皆不足以尽夫游观之乐也。今灵岩为名山，诸公为名士，盖必相须而适相值，夫岂偶然哉！宜其目领而心解，景会而理得也。若启之陋，而亦与其有得焉，顾非幸也欤？启为客最少，然敢执笔而不辞者，亦将有以私识其幸也！"十人者，淮海秦约、诸暨姜渐、河南陆仁、会稽张宪、天台詹参、豫章陈增、吴郡金起、金华王顺、嘉陵杨基、吴陵刘胜也。

5　匿幽閟胜：把幽境胜景都隐藏闭塞起来。
6　淮南行省：张士诚在苏州称吴王（1363—1367）后，仿元代行省建制，设淮南行省，地处当今江苏、安徽两省长江以北、淮河以南地区。参知政事：行省的副长官。
7　饶公：名介，字介之，自号华盖山樵，临川（今属江西抚州）人，元末自翰林应奉出金江浙廉访司事，张士诚称吴王后，任饶介为淮南行省参知政事。吴亡，被俘处死。有《右丞集》。
8　蹇舒：舒展。

赏 析

　　高启（1336—1374），字季迪，长洲（今江苏苏州）人。元末隐居吴淞青丘，自号青丘子，与杨基、张羽、徐贲被称为"吴中四杰"。明洪武初，召修《元史》，为翰林院国史编修。后被明太祖借故腰斩。他以诗著称而兼长各体。有《高青丘集》。

　　本文题为游记，主要内容却并不正面描写游历过程，而是以议论为主。作者先是介绍灵岩山的地理位置，然后简单地依次介绍山上的名胜古迹如西施洞、浣花池、吴王夫差宴游遗址以及草堂、琴台、抱翠轩、涵空阁等，烘托出灵岩山的文化底蕴和山水特点。

　　接下来作者从自己亲身游历的感触说到灵岩山的灵性——它的景色似乎一定要待人而自见，自己作为当地人，之前来游览的时候胜境美景似乎都藏了起来，并没有感受到奇特的景致。这次正是因为饶公等人来游，它才将自己的胜景呈现出来："升于高，则山之佳者悠然来。入于奥，则石之奇者突然出。氛岚为之蹇舒，杉桧为之拂舞。幽显巨细，争献厥状，披豁呈露，无有隐循。"这种拟人手法呈现出灵岩山的灵性所在，同时也衬托出同游诸公的名士风度。文末作者记录了自己为此次游览作的小记，借此抒写感慨。

游龙门记[1]

薛瑄 明

出河津县[2]西郭门，西北三十里，抵龙门下。东西皆峦危峰，横出天汉[3]。大河自西北山峡中来，至是，山断河出，两壁俨立相望。神禹疏凿之劳，于此为大。

由东南麓穴岩构木，浮虚架水为栈道，盘曲而上。濒河有宽平地，可二三亩，多石少土。中有禹庙，官曰明德，制极宏丽。进谒庭下，悚肃思德者久之。庭多青松奇木，根负土石，突走连结，枝叶疏密交荫，皮干苍劲偃蹇，形状毅然，若壮夫离立，相持不相下。官门西南，一石峰危出半流。步石磴，登绝顶。顶有临思阁，以风高不可木，甃甓为之。倚阁门俯

1　龙门：在今陕西韩城东北、山西河津西北，黄河两岸峭壁，河流奔泻直下。

2　河津县：即今山西河津市。

3　天汉：银河。这句形容龙门山高而广。

视，大河奔湍，三面触激，石峰疑若摇振。北顾巨峡，丹崖翠壁，生云走雾，开阖晦明，倏忽万变。西侧连山宛宛而去。东视大山，巍然与天浮。南望洪涛漫流，石洲沙渚，高原缺岸，烟村雾树，风帆浪舸[4]，渺然出没，太华、潼关，雍、豫诸山，仿佛见之。盖天下之奇观也。

下磴，道石峰东，穿石崖，横竖施木，凭空为楼。楼心穴板，上置井床辘轳[5]，悬绠[6]汲河。凭栏槛，凉风飘洒，若列御寇[7]驭气在空中立也。复自水楼北道，出宫后百余步，至右谷，下视窈然。东距山，西临河，谷南北涯相去寻尺，上横老槎[8]为桥，踖[9]步以渡。谷北二百步，有小祠，扁曰后土。北山陡起，下与河际，遂穷祠东，有石龛窿然[10]若大屋，悬石参差，若人形，若鸟翼，若兽吻[11]，若肝肺，若疣赘[12]，若悬鼎，若编磬[13]，若璞未凿，若矿未炉，其状莫穷。悬泉滴石上，锵

4　浪舸：拥浪前进的大船。

5　辘轳（lù lú）：井上绞起汲水水斗的器械。

6　绠（jú）：井绳。

7　列御寇：即列子，相传是战国时郑人，得风仙之道，能乘风而行。

8　槎（chá）：水中浮木。

9　踖（jí）：小步。

10　窿（lóng）然：窟窿的样子。

11　吻：动物嘴的突出部分。

12　疣赘：皮肤上长的疙瘩。

13　编磬：古代用玉或石制成的乐器，悬挂架上，依音调律吕编成一组，故称。

然有声。龛下石纵横罗列，偃者，侧者，立者；若床，若几，若屏；可席，可凭，可倚。气阴阴，虽甚暑，不知烦燠[14]；但凄神寒肌，不可久处。复自槎桥道由明德宫左，历石梯上。东南山腹有道院，地势与临思阁相高下，亦可以眺望河山之胜。遂自石梯下栈道，临流观渡，并东山而归。时宣德元年丙午，夏五月二十五日。同游者，杨景瑞也。

---

14 烦燠（yù）：烦闷燥热。

薛瑄（1389—1464），字德温，号敬轩，河津（今山西运城）人。永乐进士，官至南京大理寺卿。卒谥文清。有《薛文清公集》。

这篇游记细致记述了作者游览龙门山的全过程，全面介绍了龙门山的一系列景致，堪称详备。全文以游览路线为线索，步步推进，要言不烦，从容质朴。从河津县西郭门开始写起，先叙述了龙门山宏伟壮丽的地理形势，然后是上山的栈道、濒河平地上的禹庙、庙里的青松奇木、临思阁等。

由临思阁俯视四望一节，从高处总览龙门风景，乃见"大河奔湍，三面触激，石峰疑若摇振。北顾巨峡，丹崖翠壁，生云走雾，开阖晦明，倏忽万变。……南望洪涛漫流，石洲沙渚，高原缺岸，烟村雾树，风帆浪舸，渺然出没"，真不愧天下奇观！

文章后半记述的依然是沿途景观，包括楼阁、后土祠、多有悬石的石龛、道院等等，至返程而止，字里行间流露着对家乡胜景的挚爱情怀。

明 乔宇

恒山记[1]

北岳在浑源州之南，纷缀典籍，《书》著其为舜北巡狩之所，为恒山。《水经》著其高三千九百丈，为元岳。《福地记》[2]著其周围一百三十里，为总元之天[3]。

予家太行白岩之旁，距岳五百余里，心窃慕之，未及登览，怀想者二十余年。至正德间改元，奉天子命，分告于西蕃园陵镇渎，经浑源。去北岳仅十里许，遂南行至麓，其势冯冯[4]煴煴[5]，恣生于天，纵盘于地。其胸荡高云，其巅经赤日。

余载喜载愕，敛色循坡东，迆岭北而上，最多珍花灵草，

1　恒山：北岳，位于河北曲阳西北。
2　《福地记》：指《洞天福地岳渎名山记》，旧署杜光庭撰，记述神仙灵境的道教书籍。
3　总元之天：总管北方的天界。
4　冯冯：雄壮。
5　煴煴：微弱。

枝态不类；桃芬李葩，映带左右。山半稍憩，俯深窥高，如缘虚历空。上七里，是为虎风口，其间多横松强柏，壮如飞龙怒虬，叶皆四衍蒙蒙然，怪其太茂。从者云，是岳神所宝护，人樵尺寸必有殃。故环山之斧斤不敢至。其上路益险，登顿三里，始至岳顶。颓楹[6]古像，余肃颜再拜。庙之上有飞石窟，两岸壁立，豁然中虚。相传飞于曲阳县，今尚有石突峙，故历代凡升登者，就祠于曲阳，以为亦岳灵所寓也。然岁之春，走千里之民，来焚香于庙下，有祷辄应，赫昭于四方。如此，岂但护松柏然哉！余遂题名于悬崖，笔诗于碑及新庙之厅上。

又数十步许，为聚仙台。台上有石坪，于是振衣绝顶而放览焉。东则渔阳[7]、上谷，西则大同以南奔峰来趋，北尽浑源、云中之景，南目五台隐隐在三百里外，而翠屏、五峰、画锦、封龙诸山皆俯首伏脊于其下，因想有虞[8]君臣会朝之事，不觉怆然。又忆在京都时，尝梦登高山眺远，今灼灼[9]与梦无异，故知兹游非偶然者。

6　楹：厅堂前面的柱子。
7　渔阳：古郡名，在今北京以东天津以北一带。
8　有虞：有虞氏，即虞舜。
9　灼灼：鲜明，清清楚楚。

乔宇（1457—1524），字希大，号白岩山人，乐平（今山西昔阳）人。成化二十年（1484）进士，官至南京兵部尚书，参赞机务。卒谥庄简。幼从父入京师，学于杨一清，成进士后复从李东阳游，诗文雄隽，兼通篆籀。

本篇录自《古今图书集成·山川典》，从内容上看，它的重心并不在于恒山风光景物的描绘，而在于寄寓感怀。文章开篇就引用《尚书》《水经注》《福地记》的记载，证实恒山崇高的文化地位。接下来叙述自己跟恒山的渊源，言己对恒山倾慕已久，怀想二十多年。

紧接着在登山游历的记述中，我们能感受到作者欣喜激动的心情，对山上的花草树木、古迹遗址、神话传说等津津乐道。最后在悬崖上题诗署名以作留念。后面一节在聚仙台，振衣绝顶，四望群山，更觉气势不凡，竟恍如梦境重现，冥冥中似有因缘在。

全文结构井然，文词典雅，寄寓了作者对恒山的崇敬与登临的欣喜，别有韵致。

游金焦两山记[1]

明
王叔承

丙寅[2]五月，同陈贞甫、范伯桢、仲昭兄弟为金山游。自京口[3]渡江而西，数里及山。由修廊左折入寺，廊壁嵌古今碑题数十百，虚敞临江。寺中，观中泠泉亭[4]，而井之水，经品为天下第一云。又左右三四折，数百步，至吞海亭。又上则留云亭。亭立绝顶，所谓妙高峰也。东顾海门[5]，南绝吴、越，上游北襟淮、扬，长江自岷[6]、夔[7]、湘、蠡[8]涌天西来，分下山足，两岸商舟万计，樯立如林，江山奇胜，飘然神爽。下

1　金山：在江苏镇江市西北。焦山：在江苏镇江市东北。

2　丙寅：明嘉靖四十五年（1566）。

3　京口：在今镇江市。

4　中泠（líng）泉亭：因中泠泉而筑的亭。

5　海门：明时海门在今江苏南通市。

6　岷：古岷州为长江支流岷江的发源地，今甘肃岷县一带。

7　夔：古夔州为长江流经之地，今重庆奉节一带。

8　蠡：彭蠡，即今江西鄱阳湖。

峰而南，至江天阁，悬空俯江，大可憩望，辄倚栏觞咏[9]。可二时许，见月出江上，辄徙酌寺门，面石簰山[10]地饮。山即郭璞[11]墓，酾酒吊之，则暮潮明月作白，如大雪垂天，江寒逼人，不知为夏。又渔舟明灭波际，如画工写意家素缣飞洒水墨也。忽忆异时同商任叔、陆伯玉游此。今商生客死，陆生病，不果来。死生离别，觉江水悠悠者。山有日照崖、头陀崖、朝阳洞、龙池，会暮夜，不及游。水有善财石[12]，亦曰鹘山，分状证之，盖两肖也。月下扪张清河[13]诗碑，指识其字。议者谓张后无诗。或又诵杜少陵"吴楚东南坼，乾坤日夜浮"之句云。

　　游金山之明日游焦。焦山去金山下流十五里。是日风大逆，舟人扬帆就风，横折而下，倍直道六七，乃抵山。其半有关侯祠，饭焉。去祠左折，上登佳处亭，榴花甚吐，童子折一枝，佐饮。见山下江船乱流，僧曰："渔鲥鱼者，斤可十八钱，买而及釜，犹鲅鲅[14]生动也。"右折而上，至吸江亭，则亭对金山而高倍，留云山亦大于金。金山峻绝，当津渡要冲者易；

9　觞咏：边饮酒边咏诗。

10　石簰（pái）山：在金山西边江中。

11　郭璞：字景纯，河东闻喜（今属山西）人。东晋诗人、学者。

12　善财石：在金山东边的江中。形似佛家的善财童子。

13　张清河：指晚唐诗人张祜，字承吉，清河（今属河北）人。

14　鲅鲅（bō bō）：鱼跳跃的样子。

焦有田可稻麦，山根多巨奇石，如乱兽卧草中，草树四垂，如衣女萝[15]衣者，固幽僻藏胜。夫金、焦，伯仲山也，乃坐焦而酹[16]金云。顷之，客有买鲥鱼来者，果鲜活色青，鳃微开合，遂烹鱼，酌水晶庵、石庭庵，瞰江，又面隔江石壁，不减金之长廊耳。会日暮云垂，且雨，乃濯足江渚而去。按东汉焦光隐此，三诏不起，山以名。今嘉靖中杨继盛[17]又大书"椒山"二字于壁，及其名氏日月。椒山，杨所自号也，盖焦、椒同音，或其自负。杨后竟以劾奸论死。忠臣处士，名节略等。陈子[18]曰："焦山亦云椒山矣。"

15　女萝：地衣类植物，常寄生松树上。
16　酹（lèi）：以酒洒地以示祭奠。
17　杨继盛：字仲芳，号椒山，容城（今属河北）人。嘉靖进士，历南京兵部右侍郎、刑部员外郎。因劾严嵩十大罪而下狱被杀。
18　陈子：指同游者陈贞甫。

王叔承（1537—1601），初名允光，以字行，吴江（今江苏苏州）人。初入都客大学士李春芳所。后谢归，纵游吴越山水。其诗极为王世贞兄弟所称许。著有《吴越游编》等。

金山、焦山都在镇江、扬州间的长江里，其中金山是来往船舶聚集的渡口，焦山幽僻藏胜，位于金山下流，别有风光。作者登上金山顶峰，远望四方，近览江岸，"飘然神爽"。扪碑诵诗之际，不由得意怆情伤，觉得江寒逼人，风景萧瑟，寄托着作者对世事的忧虑。

次日游焦山，登上佳处亭，心情舒畅，觉得自然景物充满生气，"榴花甚吐"、"草树四垂"，鲥鱼"鲜活色青，鳃微开合"，因而谈古论今，感怀先贤。

作者漫笔记游，即兴寄怀，文中有诗，景中含史，既写出金、焦二山的景象特点，又富有历史的感慨和现实的关怀，允称佳作。

上方山[1]四记之一

明　袁宗道

自乌山口起，两畔乱峰束涧，游人如行衖[2]中。中有村落、麦田、林屋，络络不绝。馌妇[3]牧子，隔篱窥诧，村犬迎人。至接待庵，两壁突起粘天，中间一罅，初疑此罅乃狁穴蛇径，或别有道达颠[4]，不知身当从此度也。前引僧入罅，乃争趋就之。至此游人如行匣中矣。三步一回，五步一折，仰视白日，跳而东西。踵屡高屡低，方叹峰之奇，而他峰又复跃出。屡跬[5]屡歇，抵欢喜台。返观此身，有如蟹螯郭索[6]潭底，自汲井中，以身为瓮，虽复腾纵，不能出栏。其峰峦变幻，有若敌

1　上方山：在今北京市房山区。

2　衖（lòng）：通"弄"，小巷。

3　馌（yè）妇：给种田人送饭的妇女。

4　颠：通"巅"，山顶。

5　跬（bù）：行步。

6　郭索：形容螃蟹爬行的样子或声音。

楼[7]者，睥睨[8]栏楯[9]俱备；又有若白莲花，下承以黄跗[10]，余不能悉记也。

7　敌楼：城楼。

8　睥睨（pì nì）：城墙上的女墙。

9　栏楯（shǔn）：即栏杆。

10　跗（fū）：花托。

　　袁宗道（1560—1600），字伯修，号石浦，湖广公安（今属湖北）人。万历十四年（1586）进士，入翰林院，授庶吉士，进编修，充东宫讲官。与弟宏道、中道齐名，并称"三袁"。前后七子倡导"诗必盛唐"，他们则崇尚本色，反对摹拟，世称"公安派"。平生崇敬白居易与苏轼，著有《白苏斋集》。

　　该文选自《白苏斋集》。上方山在北京房山区，原是北方佛教圣地之一，本文是作者游览上方山所作的小记。这一段写的是从乌山口到欢喜台的奇特见闻；全文一处一景，语言简洁明快，尤其是描写在石缝中前进的过程："三步一回，五步一折，仰视白日，跳而东西。踵屡高屡低，方叹峰之奇，而他峰又复跃出。"形象生动，惊险刺激。文中穿插百姓僧人的生活情景："村落、麦田、林屋，络络不绝。馌妇牧子，隔篱窥诧，村犬迎人。"更显示出此地的风土民情。作者心境闲淡，看似随笔而记，却自然有趣，引人入胜。

虎丘记[1]

明 袁宏道

　　虎丘去城可七八里，其山无高岩邃壑，独以近城，故箫鼓楼船，无日无之。凡月之夜，花之晨，雪之夕，游人往来，纷错如织，而中秋为尤胜。

　　每至是日，倾城阖户，连臂而至。衣冠士女，下逮[2]蔀屋[3]，莫不靓妆丽服，重茵累席，置酒交衢[4]间。从千人石上至山门，栉比如鳞，檀板丘积，樽罍云泻，远而望之，如雁落平沙，霞铺江上，雷辊[5]电霍，无得而状。

　　布席之初，唱者千百，声若聚蚊，不可辨识。分曹部

1　虎丘：山名，位于苏州市西北，有虎丘塔、剑池等古迹。

2　逮（dài）：及，至。

3　蔀（bù）屋：穷苦人家昏暗的屋子，此处指贫苦百姓。

4　衢（qú）：街道。

5　雷辊（gǔn）：雷的轰鸣声，这里指车轮滚滚声。

署[6]，竟以歌喉相斗，雅俗既陈，妍媸自别。未几而摇手顿足者，得数十人而已；已而明月浮空，石光如练，一切瓦釜[7]，寂然停声，属而和者，才三四辈；一箫，一寸管，一人缓板而歌，竹肉[8]相发，清声亮彻，听者魂销。比至夜深，月影横斜，荇藻凌乱，则箫板亦不复用；一夫登场，四座屏息，音若细发，响彻云际，每度一字，几尽一刻，飞鸟为之徘徊，壮士听而下泪矣。

剑泉[9]深不可测，飞岩如削。千顷云[10]得天池诸山作案，峦壑竞秀，最可觞客。但过午则日光射人，不堪久坐耳。文昌阁亦佳，晚树尤可观。而北为平远堂[11]旧址，空旷无际，仅虞山[12]一点在望，堂废已久，余与江进之谋所以复之，欲祠韦苏州、白乐天诸公于其中；而病寻作，余既乞归，恐进之之兴亦阑矣。山川兴废，信有时哉！

6　分曹部署：分批安排。曹：群、类。

7　瓦釜：屈原《卜居》："黄钟毁弃，瓦釜雷鸣。"瓦釜即瓦缶，一种小口大腹的瓦器，也是原始的乐器。这里比喻低级的音乐。

8　竹肉：竹指管乐器，肉指人的歌喉。此处泛指器乐与歌唱。

9　剑泉：在虎丘千人石下，相传为吴王洗剑处，又称剑池。

10　千顷云：山名，在虎丘山上。

11　平远堂：初建于宋代，至元代改建。

12　虞山：位于江苏常熟市西北。

吏吴两载，登虎丘者六。最后与江进之、方子公[13]同登，迟[14]月生公石[15]上。歌者闻令来，皆避匿去。余因谓进之曰："甚矣，乌纱之横，皂隶之俗哉！他日去官，有不听曲此石上者，如月[16]！"今余幸得解官称吴客矣。虎丘之月，不知尚识余言否耶？

13　方子公：方文僎，字子公，新安（今安徽黄山市歙县）人。穷困落拓，由袁中道荐给袁宏道，为袁宏道料理笔札。

14　迟：等待。

15　生公石：虎丘大石名。传说晋末高僧竺道生，世称生公，尝于虎丘山聚石为徒，讲《涅槃经》，群石为之点头。

16　如月：对月发誓。"有如"或"如"，为古人设誓句式。

　　袁宏道（1568—1610），字中郎，湖广公安（今属湖北）人。万历二十年（1592）进士，官至考功员外郎。袁氏三兄弟并有才名，时称"三袁"，为文主张独抒性灵，不拘格套，号为公安体。有《袁中郎集》等。

　　万历二十三年（1595），袁宏道出任吴县县令，短短两年任期期间，热爱游赏山水的作者六次游览苏州名胜虎丘。本文重点记述了时至今日仍然广受欢迎的每年中秋节的虎丘曲会。苏州是昆曲的故乡，虎丘曲会几百年来延续着人们对昆曲的挚爱。作者从大的万人空巷的热闹场面到具体的不同阶段的演出情景，以及演唱者的不同特点等角度做了精彩的描述，比如"一夫登场，四座屏息，音若细发，响彻云际，每度一字，几尽一刻，飞鸟为之徘徊，壮士听而下泪矣"，这段话把昆曲的那种婉转细腻的韵味一下就显现出来了。这篇文章既是如实记录见闻，也寄寓了作者对昆曲、对苏州古迹的眷恋以及作为普通观众参加曲会的期待。

西湖游记

明
袁宏道

西湖最盛，为春为月。一日之盛，为朝烟，为夕岚¹。今岁春雪甚盛，梅花为寒所勒²，与杏桃相次开发，尤为奇观。石篑³数为余言："傅金吾园中梅，张功甫家故物也，急往观之。"余时为桃花所恋，竟不忍去湖上。

由断桥至苏堤一带，绿烟红雾⁴，弥漫二十余里。歌吹为风，粉汗为雨，罗纨之盛，多于堤畔之草，艳冶极矣。然杭人游湖，止午、未、申三时。其实湖光染翠⁵之工，山岚设色

---

1 岚：山中的雾气。
2 勒：抑制。
3 石篑：陶望龄（1562—1609），字周望，号石篑，明会稽（今浙江绍兴）人。明万历十七年（1589）进士，任翰林院编修，参与编纂国史，累官至国子监祭酒。有《歇庵集》。
4 绿烟红雾：绿柳红桃，颜色浓艳。
5 湖光染翠：湖水翠绿。

之妙，皆在朝日始出，夕舂[6]未下，始极其浓媚[7]。月景尤不可言，花态柳情，山容水意，别是一种趣味。此乐留与山僧、游客受用[8]，安可为俗士道哉！

从武林门而西，望保叔塔突兀层崖中，则已心飞湖上也。午刻入昭庆，茶毕，即棹小舟入湖。山色如娥，花光如颊，温风如酒，波纹如绫，才一举头，已不觉目酣神醉。此时欲下一语描写不得，大约如东阿王梦中初遇洛神时也。余游西湖始此，时万历丁酉二月十四日也。

6　夕舂（chōng）：旧习日落时舂米。

7　极其浓媚：把浓媚姿态发挥到极点。

8　受用：享受。

作者简介见《虎丘记》。

这篇游记写的是"盖世无双"的西湖美景，作者没有逐一介绍人所共赏的各处景致，而是着重描写由断桥至苏堤一带的春月景色。从初春时节令人迷恋不已的桃花，到一天之中独具韵味的朝烟、夕岚、月下等景，指出"湖光染翠之工，山岚设色之妙，皆在朝日始出，夕舂未下，始极其浓媚。月景尤不可言，花态柳情，山容水意，别是一种趣味"。用简洁轻快的笔墨写出了西湖真正"妙不可言"，不足与外人道的迷人景致。

　　接着又写道茶后泛舟湖中时看到的景象："山色如娥，花光如颊，温风如酒，波纹如绫，才一举头，已不觉目酣神醉。此时欲下一语描写不得，大约如东阿王梦中初遇洛神时也。"这就是恍如令人沉醉痴迷的仙境了，一时间美丽的西湖变成了曹子建笔下美丽的凌波仙子，美得无法描述。

　　本文以平实朴素的文字描绘了春天极具特色的西湖美景，就眼前之景简单地点染几笔，就让西湖的"灵性"凸显出来，表现出与常人不同的非凡审美情趣，不愧才子美誉。

天目[1]

明 袁宏道

天目幽邃奇古，不可言，由庄[2]至巅，可二十余里。

凡山深辟者多荒凉，峭削者鲜迂曲；貌古则鲜妍不足，骨大则玲珑绝少，以至山高水乏，石峻毛枯：凡此皆山之病。

天目盈山皆壑，飞流淙淙，若万匹缟，一绝也。石色苍润，石骨奥巧[3]，石径曲折，石壁竦峭[4]，二绝也。虽幽谷县[5]岩，庵宇皆精，三绝也。余耳不喜雷，而天目雷声甚小，听之若婴儿声，四绝也。晓起看云，在绝壑下，白净如绵，奔腾如浪，尽大地作琉璃海，诸山尖出云上若萍，五绝也。然云变

---

1 天目：天目山，在浙江西北部，为浙西名胜。

2 庄：指的是天目山下双清庄。

3 石骨奥巧：是说山石的骨架结构很巧妙，难以形容。

4 竦（sǒng）峭：高耸陡峭。

5 县：通"悬"。

态最不常，其观奇甚，非山居久者不能悉其形状。山树大者，几四十围[6]，松形如盖，高不逾数尺，一株直万余钱，六绝也。头茶之香者，远胜龙井，笋味类绍兴破塘，而清远过之，七绝也。余谓大江之南，修真栖隐之地，无逾此者，便有出缠[7]结室[8]之想矣。

宿幻住[9]之次日，晨起看云，已后登绝顶，晚宿高峰死关。次日，由活埋庵[10]寻旧路而下。数日晴霁甚，山僧以为异，下山率相贺。山中僧四百余人，执礼甚恭，争以饭相劝。临行，诸僧进曰："荒山僻小，不足当巨目，奈何？"余曰："天目山某等亦有些子分，山僧不劳过谦，某亦不敢面誉。"因大笑而别。

6　围：两手的拇指和食指合拢起来的长度。
7　出缠：佛教语，指脱离了人间烦恼的束缚。
8　结室：佛教语，指佛门弟子聚会祈祷吉祥。
9　幻住：天目山上的寺名。
10　活埋庵：天目山上的小庙。

作者简介见《虎丘记》。

本文开头作者用"幽邃奇古"概括了天目山的特点，又用"不可言"赞叹其美妙，引人入胜。但作者并不急于作具体介绍，而是先写了一般深山僻岭的病症所在："深辟者多荒凉，峭削者鲜迂曲；貌古则鲜妍不足，骨大则玲珑绝少，以至山高水乏，石峻毛枯。"为下文写天目山的奇绝做了铺垫。

随后列举天目山的"七绝"："盈山皆壑，飞流淙淙，若万匹缟，一绝也……余耳不喜雷，而天目雷声甚小，听之若婴儿声，四绝也。……头茶之香者，远胜龙井，笋味类绍兴破塘，而清远过之，七绝也。"作者以活泼的笔调、简洁的语言描写景物的特点，点出独绝处即止，没有刻意铺叙，也不过度渲染，却令人感到新奇，与平铺直叙的文章相比，富有独特的表现力。文章的最后，作者用一个玩笑结尾，更添几分意趣。

游盘山记[1]（节选）

明 袁宏道

盘山外骨而中肤。外骨，故峭石危立，望之若剑戟黑虎[2]之林。中肤，故果木繁，而松之抉石罅出者，歆嵚[3]虬曲，与石争怒，其干压霜雪不得伸，故旁行侧偃[4]，每十余丈。其面削，不受足；其背坦，故游者可迂而达。其石皆锐下而丰上，故多飞动。其叠而上者，渐高则渐出。高者屡数十寻，则其出必半仄焉。若半圮之桥，故登者栗。其下皆奔泉，夭矫曲折，触巨细石皆斗，故鸣声彻昼夜不休。其山高古幽奇，无所不极。

述其最者：初入得盘泉，次曰悬空石，最高曰盘顶也。泉莽莽[5]行，至是落为小潭，白石卷而出，底皆金沙，纤鱼数头，尾

1　盘山：在今天津蓟州区西北。

2　黑（pí）虎：用《尚书·牧誓》"如虎如貔，如熊如黑"语，喻武士。黑：熊的一种。

3　嵚（qīn）：山高峻貌。

4　侧偃（yǎn）：向旁边倒。

5　莽莽：原指草木茂盛，这里借指泉水茂盛，源源不绝。

鬣[6]可数，落花漾而过，影彻底，忽与之乱。游者乐，释衣，稍以足沁水，忽大呼曰"奇快"，则皆跃入，没胸，稍溯而上，逾三四石，水益哗，语不得达。间或取梨李掷以观，旋折奔舞而已。

悬空石数峰，一壁青削到地，石粘空而立，如有神气性情者。亭负壁临绝涧，涧声上彻，与松韵答。其旁为上方精舍[7]，盘之绝性处也。

盘顶如初抽笋，锐而规，上为窣诸波[8]，日光横射，影落塞外，奔风忽来，翻云抹海。住足不得久，乃下。迂而僻，且无石级者，曰天门开。从髻石[9]取道，阔以掌，山石碝右臂，左履虚不见底，大石中绝者数。先与导僧约，遇绝崄[10]处，当大笑。每闻笑声，皆胆落。扪[11]萝探棘[12]，更上下仅得度。两岩秀削立，太古云岚，蚀壁皆翠。下得枰石[13]，方广可几筵。抚松下瞰，惊定乃笑。世上无拼命人，恶得[14]有此奇观也。

6　鬣（liè）：指鱼嘴旁的鳍。

7　精舍：寺院的雅称。

8　窣（sū）诸波：梵语"塔"，今多译作"窣堵波"。

9　髻（jì）石：盘山上地名，因形似盘在头上的发髻得名。

10　崄（xiǎn）：同"险"。

11　扪：拉，持。

12　棘：酸枣树。

13　枰（píng）石：棋盘石。

14　恶（wū）得：怎能，哪会。

作者简介见《虎丘记》。

这是一篇生动传神的游记。开篇用"外骨中肤"概括盘山的特点，写盘泉的一段，白石金沙，已然与众不同，再加上这里游动的纤鱼、漂流的落花，更富韵致。而游者以足沁水，大呼奇快，跃入没胸等等，这些细节描写，就更添入了灵动的气韵。

登盘顶的过程，充满了惊险刺激，也写出了历险以后的快意。"世上无拼命人，恶得有此奇观"，又表达了作者游历险处之后快然自得的心情。

这一系列的精彩描绘，仿佛一幅幅简洁生动的写意画，浅淡着墨，却显出十分传神的效果，不得不令人叹服作者出神入化的手笔。

西山小记[1]（节选）

明 袁中道

　　出西直门，过高梁桥[2]，杨树夹道，带以清溪，流水澄澈，洞见沙石，蕴藻萦蔓[3]，鬣[4]走带牵。小鱼尾游，翕忽跳达。亘流背林，禅刹相接。绿叶秾郁[5]，下覆朱户，寂静无人，鸟鸣花落。过响水闸，听水声汩汩。至龙潭堤，树益茂，水益阔，是为西湖[6]也。每至盛夏之月，芙蓉十里如锦，香风芬馥，士女骈阗[7]，临流泛觞[8]，最为胜处矣。憩青龙桥，桥侧数武[9]，

1　西山：北京西北郊群山的总称，包括百花山、灵山、妙山、香山、翠微山、卢师山、玉泉山等，为北京名胜。

2　高梁桥：又名高亮桥，在西直门外西北。

3　蕴藻萦蔓：积聚的藻类植物，枝蔓互相缠绕。

4　鬣：鱼鳍，此指鱼类。

5　秾郁：花木茂密。

6　西湖：指今北京颐和园内的昆明湖。

7　骈阗：连续不断，络绎不绝。

8　临流泛觞：对着流水，泛舟饮酒。

9　武：半步。

有寺依山傍岩，古柏阴森，石路千峰。山腰有阁，翼以千峰，萦抱屏立，积岚沉雾。前开一镜，堤柳溪流，杂以畦畛[10]，丛翠之中，隐见村落。降临水行，至功德寺，宽博有野致。前绕清流，有危桥可坐。寺僧多业农事，日已西，见道人执畚者、插者、带笠者野歌而归。有老僧持杖散步塍[11]间，水田浩白，群蛙偕鸣。噫！此田家之乐也，予不见此者三年矣。夜遂宿焉。

---

10 畛（zhěn）：田间小路。
11 塍（chéng）：田埂。

　　袁中道（1570—1626），字小修，湖广公安（今属湖北）人。袁宗道、袁宏道胞弟，"公安派"领袖之一。万历四十四年（1616）进士，授徽州府教授、国子监博士，官至南京吏部郎中。有《珂雪斋集》。

　　本文写的是西直门外的山水风光，细致描绘了沿路所见的杨柳、溪水、游鱼、水草，以及龙潭堤的湖光山色、十里荷花，特别是"每至盛夏之月，芙蓉十里如锦，香风芬馥，士女骈阗，临流泛觞，最为胜处矣"这样的游玩盛况，还有寺庙的幽深和宁静的山民生活情景。语言清丽自然，讲究文采，富于画面感，真切如在目前。

明 王思任

剡溪[1]

　　浮曹娥江[2]上，铁面[3]横波，终不快意。将至三界[4]址，江色狎人，渔火村灯，与白月相上下，沙明山静，犬吠声若豹，不自知身在板桐也。昧爽，过清风岭，是溪、江交代处，不及一言贞魂。山高岸束，斐绿叠丹。摇身听鸟，杳小清绝，每奏一音，则千峦啾答。秋冬之际，想更难为怀，不识吾家子猷，何故兴尽？雪溪无妨子猷，然不大堪戴。文人薄行，往往借他人爽厉心脾，岂其可？过画图山，是一兰苕[5]盆景。自此万壑相招赴海，如群诸侯敲玉鸣裾[6]。逼折久之，始得豁眼一放

1　剡溪：在浙江嵊州市，为曹娥江上游。

2　曹娥江：在浙江东部，源出东阳齐公岭，自南向北曲折流入杭州湾。

3　铁面：本喻刚正无私，此指无情。

4　三界：上虞至嵊州之间的曹娥江上的村镇。

5　兰苕：兰指兰草，苕又名凌霄，都是观赏植物，并可入药。

6　裾：衣服的前襟或袖子。

地步。山城崖立，晚市人稀。水口有壮台作砥柱，力脱帻[7]往登，凉风大饱。城南百丈桥翼然虹饮[8]，溪逗其下，电流雷语。移舟桥尾，向月碛枕漱取酣，而舟子[9]以为何不傍彼岸，方喃喃怪事我也。

7　帻（zé）：包头发的巾。
8　虹饮：桥如虹形，两端像是在饮水。
9　舟子：船夫。

王思任（1574—1646），字季重，号谑庵，山阴（今浙江绍兴）人。明万历进士，曾任九江佥事，清兵破南京后，鲁王监国，王思任为礼部右侍郎，进尚书。顺治三年，绍兴城破，绝食而死。有《王季重十种》。

本篇主要记述由曹娥江入剡溪一路的水上行程。作者先写夜晚三界址的狎人江色："渔火村灯，与白月相上下，沙明山静"，伴随着若豹的犬吠声，恍如仙境。拂晓时候，过清风岭，见到的是："山高岸束，斐绿叠丹。

摇身听鸟，杳小清绝，每奏一音，则千峦啾答。秋冬之际，想更难为怀。"
在如此美景中，作者发出了"不识吾家子猷，何故兴尽？"的感慨。写景
状物都给人恬静、清幽的感觉。

　　末尾记述"百丈桥翼然虹饮，溪逗其下，电流雷语"，于是"移舟桥尾，
向月碛枕漱取酣"，通过作者与船家的对话，写出他在身临胜境之际的独
特审美眼光。

小洋[1]

明 王思任

由恶溪[2]登括苍[3]，舟行一尺，水皆汗也。天为山欺，水求石放，至小洋而眼门一辟。

吴闳仲送我，挈睿孺出船口席坐引白[4]，黄头郎[5]以棹歌[6]赠之，低头呼卢[7]，俄而惊视，各大叫，始知颜色不在人间也。又不知天上某某名何色，姑以人间所有者仿佛图之。

落日含半规，如胭脂初从火出。溪西一带山，俱似鹦鹉绿，鸦背青，上有猩红云五千尺，开一大窦，逗出缥天，映水如

1　小洋：恶溪的下游，在浙江青田县境内。

2　恶溪：水名，瓯江支流。

3　括苍：山名，绵亘于浙江丽水至临海一带。

4　引白：犹言举杯。白，古时罚酒用的酒杯。

5　黄头郎：指船夫，以头着黄帽而称。汉代有黄头郎之官，掌管船舶行驶。

6　棹歌：船夫行船时所唱的歌。

7　呼卢：即呼卢喝雉，古时的一种赌博。

绣铺赤玛瑙。

日益曶[8]，沙滩色如柔蓝懈白，对岸沙则芦花月影，忽忽不可辨识。山俱老瓜皮色。又有七八片碎翦鹅毛霞，俱黄金锦荔，堆出两朵云，居然晶透葡萄紫也。又有夜岚数层斗起，如鱼肚白，穿入出炉银红中，金光煜煜[9]不定。盖是际，天地山川，云霞日彩，烘蒸郁衬，不知开此大染局作何制。意者，妒海蜃，凌阿闪，一漏卿[10]丽之华耶？将亦谓舟中之子，既有荡胸决眦之解，尝试假尔以文章，使观其时变乎？何所遘之奇也！

夫人间之色仅得其五，五色互相用，衍至数十而止，焉有不可思议如此其错综幻变者！曩吾称名取类，亦自人间之物而色之耳，心未曾通，目未曾睹，不得不以所睹所通者，达之于口而告之人；然所谓仿佛图之，又安能仿佛以图其万一也！嗟呼，不观天地之富，岂知人间之贫哉！

8　曶（hū）：天色昏暗。

9　煜煜（yù yù）：明亮。

10　卿：卿云，古时以为祥瑞云气。

作者简介见《剡溪》。

本文围绕着晚霞展开叙述，文词极其绚丽多姿："落日含半规，如胭脂初从火出。溪西一带山，俱似鹦鹉绿，鸦背青，上有猩红云五千尺，开一大窦，逗出缥天，映水如绣铺赤玛瑙。"给读者呈现了

一场视觉盛宴。作者通过眼睛的观感，步步递进，写道众人的"惊视，各大叫"，不禁令人好奇心大增。然后就围绕着日月、山水、沙岸、云霞等描绘了各种各样的非人间可有的绚丽色彩，变幻多姿，令人神醉。由此我们应该认识到大自然的色彩是最为丰富的，远远超乎人的想象。

游洞庭诸刹记[1]

明

姚希孟

西洞庭多古寺，有十八招提[2]之目。余次序游之。

十七日从包山[3]至罗汉坞，有寺废而将兴。上方寺亦苍凉，无足观。是日登缥缈，循山后坡陀而下，问西湖寺，宿焉。寺衰飒，将成菜圃，赖沈朗曛修净因于此，而某生新之。坐稍定，有声渹然[4]鸣，以寺逼西太湖，奔涛震响，霜月之下，倍觉凄清。夜半梦醒，巨声轰礚，欲排匡床[5]，使我神骨俱栗。诘旦[6]，缘湖入村坞，朱实黄离，与旭光相照。此昔人所谓"好景君须记"也。

1　洞庭：江苏苏州西南太湖中的东洞庭山（又称洞庭东山、东山）和西洞庭山（又称洞庭西山、西山）的总称。东山原为岛山，元明间与陆地连成半岛。西山是太湖中最大岛屿。本文记叙的是西洞庭山。

2　招提：寺院的别称。

3　包山：古时西洞庭山统称为包山，此指山上的包山寺。

4　渹（hōng）然：水波冲击发出的声音。

5　匡床：方正的床，指作者卧床。

6　诘旦：次日早晨。

将抵水月寺，长松夹道。寺前银杏数本，大可合围，霜叶凌舞[7]，令人须眉古淡[8]。摩石碑，读白香山[9]、苏沧浪[10]二诗。迂道观无碍泉，涓涓一泓而已。

渡岭，得华山寺。寺在山之阴，连冈矗矗，拨黛挼蓝，当仲伯包山。长松类水月[11]，龙鳞虬干，寿且数倍之。映月更角[12]，奇炫怪第。山高，月出岭背，比树头发白，夜阑矣。

又次日，离华山，渡一小岭，橙橘愈繁，篱落间不胜绝冶，乃其风格严直，非若春葩撩人，差可拟安石榴[13]耳。

行行入长寿寺。寺所踞不甚胜，且摧圮，赖主僧修，已饶韵致，能淹客。去寺半里，得松台、磐石，如生公说法处。一古松，嵯峨骄蹇，前对霜橘百株，又为青林点绛。

因游角庵，道柯家岭。岭襟带西湖。是日风暄气柔，群峰可数，晴湖如镜，不风而涛砑砑，犹隔宵枕上。山坳起伏处，并东湖亦出肘腋下。连冈若腰带，两湖左右垂，最宜虚阁。

7　凌舞：形容枝叶晃动，像凌空起舞。

8　古淡：年老而稀疏，形容神情怆老。

9　白香山：唐代诗人白居易，晚年自号香山居士。

10　苏沧浪（láng）：宋代作家苏舜钦，晚年流落苏州，买水石，筑沧浪亭，自号沧浪翁。

11　水月：指水月寺。

12　更角：打更的角楼。

13　安石榴：即石榴。

而构神祠者，筑垣闭之，与湖光为仇，可怪。至甪庵，阑入[14]果园。有短墙插湖中，凭墙西瞩。颓阳忽忽将堕，蒸霞[15]飙发，目留而饯之。赤盘半映，至深红一线。既灭既没，湖水倒映，忽如长虹，而四山冥合矣。是夜游崦，别有记。晓游甪头山，返舟中，穷龙渚石公之奇。

廿三日复从包山至天王寺。松林无际，横被数亩，其大小类水月。而近寺数十株，鳞叠羽缀[16]，殆华山雁行[17]，正殿亦就颓然。制度古雅，前朝遗式也。坐华藏阁，独一面见山，而东西不穴窗，以为恨。

同日，游资庆，睹黄叶纷飞，又疑水月银杏。然斜阳映其上，如苍髯老翁，脸昙微酣，不独棱棱霜气。山同树，树同时，而借朝暾[18]夕曛[19]之态，各自为姿容，犹人之含颦带笑，闪忽致颜，岂可以一貌尽哉。寺前香花桥，有古木樛辖[20]，觉其寺之深。桥以外无树，便觉山之浅。此包山、华山之所以

14　阑入：擅自闯入。

15　蒸霞：形容霞光像从湖上蒸发出来。

16　鳞叠羽缀：形容树老，树皮绽裂，像鱼一样层层叠叠，像羽毛一样缀合在树上。

17　雁行：大雁飞行时平列而有次序，这里比喻老松树年龄如同兄弟辈。

18　暾：初升的太阳。

19　曛：落日的余光。

20　樛辖（jiāo gé）：盘根错节，纠缠不分。

为妙也；次则水月、天王矣。

　　尝谓名刹之胜，不在焜炫[21]，而在古雅。老树插天，连章合抱，霜皮绉理，滴溜成瘣[22]，一古也。殿阁参差，丹腹[23]暗淡，女萝[24]陵苔，赤纷绿骇[25]，二古也。小有颓落，不伤静窈。若金碧烁睛，固为严饬，搜讨幽怀，转非所惬。

　　西山诸寺虽焕丽不足，而邃穆有余，大都借荫于叠岫，而贷色于崇柯。更以缔构既远，兵燹不经，非六季之遗规，则唐宋之故址。倾听而清音集，瞠视而乔影现。嚣垢屏涤，靡侈汰净，正令人超忽荒蔼，有烟外之意。若使梵响[26]时闻，禅规肇整，即鹫峰、狮窟，何多让焉。

21　焜（hūn）炫：光明耀目。

22　瘣（máng）：肿起，隆起。

23　丹腹（huò）：指殿阁上的青紫涂料。

24　女萝：草名，菟丝。

25　骇：四边散开。

26　梵响：诵经声。

姚希孟（1579—1638），字孟长，吴县（今江苏苏州）人。万历四十七年（1619）进士，官至詹事，曾主持南京翰林院。在东林党事件中受牵连而降职。有《循沧集》《响玉集》等。

本文记述游览西洞庭山古寺庙的历程和观感。作者的目光聚焦在寺庙的古雅上，他在文章的后面说："名刹之胜，不在焜炫，而在古雅。老树插天，连章合抱，霜皮绉理，滴溜成疬，一古也。殿阁参差，丹腾暗淡，女萝陵苔，赤纷绿骇，二古也。小有颓落，不伤静窈。"因此文中比较关注的是清幽的古物遗迹和风姿苍劲的古树，特别是古人引为君子的松树和银杏。

值得注意的是作者在叙述过程中对两处景物做了较为细致精彩的记述，一个是在西湖寺听到的令人神骨俱栗的湖水声，一个是在甪庵，作者记下了一次日落景象："颓阳忽忽将堕，蒸霞飙发，目留而饯之。赤盘半玦，至深红一线。既灭既没，湖水倒映，忽如长虹，而四山冥合矣。"这些描写都跟其他寺庙点到为止不同，值得品味。最后作者对寺庙群整体的邃穆赞叹不已。

游雁宕山日记（节选）[1]

明 徐弘祖

自初九日[2]别台山[3]，初十日抵黄岩。日已西，出南门三十里，宿于八岙[4]。

十一日，二十里，登盘山岭[5]。望雁山诸峰，芙蓉插天，片片扑人眉宇。又二十里，饭大荆驿[6]。南涉一溪，见西峰上缀圆石，奴辈指为两头陀，余疑即老僧岩，但不甚肖。五里，过章家楼[7]，始见老僧真面目：袈衣秃顶，宛然兀立，高可百尺。侧又一小童，伛偻于后，向为老僧所掩耳。自章楼二里，

---

1 雁宕山：即雁荡山，位于浙江省温州市境内。
2 初九日：指公元1613年（明神宗万历四十一年）旧历四月初九日。
3 台山：即天台山，在今浙江天台县北。
4 八岙（ào）：地名。浙江一带把山间平地叫"岙"。
5 盘山岭：又称盘山，在浙江乐清市。
6 大荆驿：驿站名。在乐清市东北，通黄岩区界。
7 章家楼：在大荆驿南，明人章嶷建。

山半得石梁洞。洞门东向，门口一梁，自顶斜插于地，如飞虹下垂。由梁侧隙中层级而上，高敞空豁。坐顷之，下山。由右麓逾谢公岭，渡一涧，循涧西行，即灵峰道也。一转，山腋[8]两壁，峭立巨天，危峰乱迭，如削如攒，如骈笋，如挺芝，如笔之卓，如幞之欹。洞有口如卷幞者，潭有碧如澄靛者。双鸾、五老[9]，接翼联肩。如此里许，抵灵峰寺[10]。循寺侧登灵峰洞。峰中空，特立寺后，侧有隙可入。由隙历磴数十级，直至窝顶，则窅然平台圆敞，中有罗汉诸像。坐玩至暝色，返寺。

十二日，饭后，从灵峰右趾觅碧霄洞。返旧路，抵谢公岭下。南过响岩，五里至净名寺[11]路口。入觅水帘谷，乃两崖相夹，水从崖顶飘下也。出谷五里，至灵岩寺[12]。绝壁四合，摩天劈地，曲折而入，如另辟一寰界。寺居其中，南向，背为屏霞嶂。嶂顶齐而色紫，高数百丈，阔亦称之。嶂之最南，左为展旗峰，右为天柱峰。嶂之右胁，介于天柱者，先为龙鼻水。龙鼻之穴，从石罅直上，似灵峰洞而小。穴内石色俱

8　腋：腰。

9　双鸾：双鸾峰，在东内谷。五老：五老峰，在东内谷。

10　灵峰寺：在东内谷灵峰下，公元1023年（宋天圣元年）文吉和尚创建，公元1041年（宋康定二年）赐匾额。

11　净名寺：在东内谷，公元977年（北宋太平兴国二年）建。

12　灵岩寺：在东内谷，北宋太平兴国年间建。

黄紫，独罅口石纹一缕，青绀润泽，颇有鳞爪之状。自顶贯入洞底，垂下一端如鼻，鼻端孔可容指，水自内滴下注石盆。此嶂右第一奇也。西南为独秀峰，小于天柱，而高锐不相下。独秀之下为卓笔峰，高半独秀[13]，锐亦如之。两峰南坳，轰然下泻者，小龙湫[14]也。隔龙湫与独秀相对者，玉女峰也。顶有春花，宛然插髻。自此过双鸾，即极于天柱。双鸾止两峰并起，峰际有僧拜石，袈裟伛偻，肖矣。由嶂之左胁，介于展旗者，先为安禅谷，谷即屏霞之下岩。东南为石屏风，形如屏霞，高阔各得其半，正插屏霞尽处。屏风顶有蟾蜍石，与嶂侧玉龟相向。屏风南去，展旗侧褶中，有径直上，磴级尽处，石阈[15]限之。俯阈而窥，下临无地，上嵌崆峒[16]。外有二圆穴，侧有一长穴，光自穴中射入，别有一境，是为天聪洞，则嶂左第一奇也。锐峰迭嶂，左右环向，奇巧百出，真天下奇观！而小龙湫下流，经天柱、展旗，桥跨其上，山门临之。桥外，含珠岩在天柱之麓，顶珠峰在展旗之上。此又灵岩之外观也。

十三日，出山门，循麓而右，一路崖壁参差，流霞映采。

13　高半独秀：高度有独秀峰的一半。

14　小龙湫（qiū）：瀑布名。

15　石阈（yù）：石门坎。

16　崆峒：山洞。

高而展者，为板嶂岩。岩下危立而尖夹者，为小剪刀峰。更前，重岩之上，一峰亭亭插天，为观音岩。岩侧则马鞍岭横亘于前。鸟道盘折，逾坳右转，溪流汤汤，涧底石平如砥。沿涧深入，约去灵岩十余里，过常云峰，则大剪刀峰介立涧旁。剪刀之北，重岩陡起，是名连云峰。从此环绕回合，岩穷矣。龙湫之瀑¹⁷，轰然下捣潭中，岩势开张峭削，水无所着，腾空飘荡，顿令心目眩怖。潭上有堂，相传为诺讵那¹⁸观泉之所。堂后层级直上，有亭翼然面瀑。踞坐久之，下饭庵中。雨廉纤不止，然余已神飞雁湖山顶。遂冒雨至常云峰，由峰半道松洞外，攀绝磴三里，趋白云庵。人空庵圮，一道人在草莽中，见客至，望望去。再入一里，有云静庵，乃投宿焉。道人清隐，卧床数十年，尚能与客谈笑。余见四山云雨凄凄，不能不为明晨忧也。

---

17 龙湫之瀑：指大龙湫，在西内谷。

18 诺讵那：罗汉名。相传是唐代眉州（今属四川）人，叫罗尧运，他最先进入雁荡山，在大龙湫看瀑布坐化成仙。

　　徐弘祖（1587—1641），字振之，号霞客，江苏江阴人，明代旅行家。他自幼好学，博览群书，欲"问奇于名山大川"。21岁开始专心旅行，30多年间历尽艰险，足迹南至云、贵、两广，北到燕、晋，遍及现在的19个省区。其考察所得，按日记载，死后由季会明等整理成《徐霞客游记》。

　　这是作者在明万历四十一年（1613）旧历四月初九至十三日游览雁宕山的日记，详细记录了作者一路坎坷艰险的游览历程和沿途见到的奇异风景。他特别注意对具体路径的叙述，比如景致之间有多远的距离，沿途有什么重要的参照物，甚至连台阶情况等都介绍得很细致。在移步换景的过程中，细致地描绘了沿路诸峰及泉水瀑布的形态，比喻十分生动形象，如在目前。文中还记录了作者身临绝境、设法脱险的过程，他不畏艰难的探险精神实在令人叹服。

水尽头[1]

刘 侗 明

　　观音石阁而西，皆溪，溪皆泉之委[2]；皆石，石皆壁之余。其南岸，皆竹，竹皆溪周而石倚之。燕故难竹，至此，林林亩亩。竹，丈始枝；笋，丈犹箨[3]。竹粉生于节，笋梢出于林，根鞭出于篱，孙大于母。

　　过隆教寺而又西，闻泉声。泉流长而声短焉，下流平也。花者，渠泉[4]而役乎花；竹者，渠泉而役乎竹。不暇声也。花竹未役，泉犹石泉矣。石罅乱流，众声渐渐，人踏石过，水珠渐衣。小鱼折折石缝间，闻跫音则伏，于苴[5]于沙。

1　水尽头：在北京西郊卧佛寺西北二里多的樱桃沟，沟水是天然泉水，所以又叫樱桃泉。

2　委：水的下流。

3　箨（tuò）：笋壳。

4　渠泉：用水渠引泉水。

5　苴（chá）：水中的浮草。

杂花水藻，山僧园叟不能名之。草至不可族，客乃斗以花，采采[6]百步耳，互出，半不同者。然春之花尚不敌其秋之柿叶，叶紫紫，实丹丹。风日流美，晓树满星，夕野皆火，香山[7]曰杏，仰山[8]曰梨，寿安山[9]曰柿也。

西上圆通寺，望太和庵前，山中人指指[10]水尽头儿，泉所源也。至则磊磊中两石角如坎[11]，泉盖从中出。鸟树声壮，泉喈喈[12]不可骤闻。坐久，始别，曰："彼鸟声，彼树声，此泉声也。"

又西上广泉废寺，北半里，五华寺，然而游者瞻卧佛辄返，曰："卧佛无泉。"

6　采采：不断采集。

7　香山：今北京西郊香山。

8　仰山：碧云寺以东、卧佛寺以西的一段山。

9　寿安山：在卧佛寺北边，即樱桃沟所在。

10　指指：用手指一一指点着。

11　坎：坑穴。

12　喈喈（jī jī）：小鸟叫声，比喻泉声较小。

刘侗（1594—1637），字同人，号格庵，湖广麻城（今属湖北）人。崇祯七年（1634）进士，授吴县（今江苏省苏州市）知县，卒于赴任途中。

本文描述的是作者在北京西郊樱桃沟探寻泉水源头时所见的山水风光。首先引起注意的是在北方燕山一带不多见的竹子，而且是林林亩亩，长势喜人，形成了可观的规模。然后写到山间的泉水，流长声短，在石缝中交错流过，小鱼穿梭其中，机敏异常，一派盎然生机。

接下来写的是难以名状的杂花草木以及树上的果实，还特别提到了今天非常受人喜欢的"香山红叶"——"春之花尚不敌其秋之柿叶……风日流美，晓树满星，夕野皆火。"真是一幅"万山红遍，层林尽染"的美丽画卷。

总体上看这又是一次追根溯源的探索实践，在山水情趣的描述之中又不乏哲思启迪，别有一番滋味。

湖心亭看雪[1]

明 张岱

　　崇祯五年[2]十二月，余住西湖。大雪三日，湖中人鸟声俱绝。是日更定[3]矣，余拏[4]一小舟，拥毳衣炉火[5]，独往湖心亭看雪。雾凇沆砀[6]，天与云、与山、与水，上下一白。湖上影子，惟长堤一痕，湖心亭一点，与余舟一芥，舟中人两三粒而已。

　　到亭上，有两人铺毡对坐，一童子烧酒，炉正沸。见余，大喜曰："湖中焉得更有此人！"拉余同饮。余强饮三大白而

1　湖心亭：杭州西湖的湖心亭，位于外湖中央的绿洲上，与三潭印月、阮公墩鼎足相对。

2　崇祯五年：1632 年。

3　更定：也叫定更。古时一夜分五更，每更两小时。更定是一更开始，即晚上八时。

4　拏（ná）：牵引，划动。

5　拥毳（cuì）衣炉火：穿着皮衣拥着炉火。毳，鸟兽的细毛。

6　沆砀（hàng dàng）：白茫茫一片。

别。问其姓氏，是金陵人，客此。及下船，舟子喃喃[7]曰："莫说相公[8]痴，更有痴似相公者！"

7　喃喃：小声嘀咕。

8　相公：原指宰相，后为尊称。

赏析

　　张岱（1597—1679），字宗子，又字石公，号陶庵，又号蝶庵居士，山阴（今浙江绍兴）人。出身仕宦家庭，早年过着精舍骏马、鲜衣美食、斗鸡臂鹰、弹琴咏诗的贵公子生活。明亡后隐居剡溪山，布衣蔬食，常至不继，著述以终。著有《琅嬛文集》《陶庵梦忆》《西湖梦寻》《夜航船》等。

　　本文选自《陶庵梦忆》卷三。这部著名的文集记录的是早年生活中的一些琐事，全面反映了当时的社会生活和风俗民情，文字简短活

泼，流利清新，富于诗意。

　　《湖心亭看雪》中的雪景，堪称古今无两的妙笔，如同绘画中的白描笔法，三言两语就把雪后的西湖美景刻画得如同琉璃世界，晶莹剔透。尤其是谈到"雾凇沆砀，天与云、与山、与水，上下一白。湖上影子，惟长堤一痕，湖心亭一点，与余舟一芥，舟中人两三粒而已"，简直是现代航拍才能实现的绝佳观感。文字极其简洁朴素，视野境界却非常宏大，空明澄澈，渗透着淡淡的诗意，堪称小品文的绝佳典范。

游黄山记（节选）

清　钱谦益

　　山之奇，以泉，以云，以松。水之奇，莫奇于白龙潭；泉之奇，莫奇于汤泉。皆在山麓。桃源溪水，流入汤泉，乳水源、白云溪东流入桃花溪，二十四溪，皆流注山足。山空中，水实其腹，水之激射奔注，皆自腹以下，故山下有泉，而山上无泉也。

　　山极高则雷雨在下，云之聚而出，旅而归，皆在腰膂间。每见天都诸峰，云生如带，不能至其冢[1]。久之，滃然[2]四合，云气蔽翳其下，而峰顶故在云外也。铺海之云，弥望如海，忽焉迸散，如凫[3]惊兔逝。山高出云外，天宇旷然，云无所附丽

1　冢：山顶。
2　滃（wēng）然：云雾四起的样子。
3　凫：野鸭。

故也。

汤寺以上，山皆直松名材，桧、梩、椵、楠，藤络莎被，幽荫荟蔚[4]。陟老人峰，悬崖多异松，负石绝出。过此以往，无树非松，无松不奇：有干大如胫而根蟠屈以亩计者；有根只寻丈而枝扶疏蔽道旁者；有循崖度壑因依如悬度者；有穿罅冗缝崩迸如侧生者；有幢幢[5]如羽葆者；有矫矫[6]如蛟龙者；有卧而起，起而复卧者；有横而断，断而复横者。文殊院之左，云梯之背，山形下绝，皆有松踞之，倚倾还会，与人俯仰，此尤奇也。始信峰之北崖，一松被南崖，援其枝以度，俗所谓接引松也。其西巨石屏立，一松高三尺许，广一亩，曲干撑石崖而出，自上穿下，石为中裂，纠结攫挐，所谓扰龙松也。石笋矼、炼丹台峰石特出离立，无支陇，无赘阜，一石一松，如首之有笄[7]，如车之有盖，参差入云，遥望如荠[8]，奇矣，诡矣，不可以名言矣。松无土，以石为土，其身与皮、干皆石也。滋云雨，杀霜雪，句乔元气，甲拆太古，殆亦金膏、水碧、

---

4 荟蔚：草木茂盛的样子。

5 幢幢（chuáng chuáng）：羽饰繁盛的样子。

6 矫矫：勇武的样子。

7 笄（jī）：束发的簪子。

8 荠：荠菜，形容松树远看很小。

上药、灵草之属，非凡草木也。顾欲斫而取之，作盆盎近玩，不亦陋乎？

度云梯而东，有长松夭矫[9]，雷劈之，仆地横亘数十丈，鳞鬣[10]偃蹇怒张，过者惜之。余笑曰："此造物者为此戏剧，逆而折之，使之更百千年，不知如何杈枒轮囷，蔚为奇观也。吴人卖花者，拣梅之老枝，屈折之，约结之，献春[11]则为瓶花之尤异者以相夸焉。兹松也，其亦造物之折枝也与？"千年而后，必有征吾言而一笑者。

9　夭矫：屈伸自如的样子。

10　鳞鬣：鳞指松树片，鬣指松针。

11　献春：新年开春。

　　钱谦益（1582—1664），字受之，号牧斋，晚年自号蒙叟，又号东涧遗老，江苏常熟人。明万历三十八年（1610）进士，官至礼部侍郎。他以诗文著称，与吴伟业、龚鼎孳并称为"江左三大家"。著有《初学集》《有学集》，编有《列朝诗选》。

　　本文主要围绕着久负盛誉的黄山松树展开，一个是多，一个是奇。无论概括描写或典型特写，都力求从各个不同的角度表现出松树的丰富姿态：有长镜头的概览，如观长篇画卷；也有微距的特写，细节都在眼前，仿佛亲眼所见，给人深刻印象。或加以议论生发，诙谐讥刺，妙趣横生。或寄寓感怀，诉说抑郁，总之都离不开松，颇觉奇异，更显可贵。

小云山记[1]

清 王夫之

湘西之山，自耶姜[2]并湘以东，其复数十；以北至于大云。大云之山遂东，其陵乘[3]十数，因而曼衍，以至于蒸、湘之交[4]。大云之北麓有溪焉，并山而东，以汇于蒸。未为溪之麓，支之稚者，北又东，其复十数，皆渐伏而为曼衍。登小云，复者皆复，而曼衍尽见，为方八十里，以至于蒸、湘之交，遂逾乎湘。南尽晋宁[5]之洋山；西南尽祁[6]之岳侯题名；东尽耒[7]之

1　小云山：在湖南邵阳市东南，大云山东边。
2　耶姜：即大云山，为南岳衡山七十二峰之一。
3　陵乘：指高度超越大云山的。
4　蒸、湘之交：蒸水为湘水支流，至衡阳入湘江。
5　晋宁：古县名，在今湖南资兴市。晋时曾称晋宁。
6　祁：古县名，故治在今湖南祁阳东南。
7　耒：古县名，在今湖南耒阳。

武侯之祠，东北尽炎帝之陵，陵酃[8]也；北迤东尽攸[9]之燕子巢。

天宇澄清，平烟[10]幂野，飞禽重影，虹雨明灭，皆迎目授朗于曼衍之中。其北则南岳之西峰，其簇如群荂初舒，寒则苍，春则碧，以周乎曼衍而左函之，小云之观止矣。春之云，有半起而为轮囷[11]，有丛岫如雪而献其孤黛。夏之雨，有亘白，有漩濎[12]，有孤袅，有隙日旁射，耀其晶莹。秋之月，有澄淡而不知微远之所终。冬之雪，有上如暝，下如月万顷，有夕镫烁素，悬于泱莽[13]。山之观，奚止也？

小云之高，视大云不十之一也。大云之高，视岳不三十之一也。岂啻[14]大云，岳之观所能度越此者，唯祝融焉，他则无小云若。盖小云者，当湘西群山之东，得大云之委，而临曼衍之首者也，故若此。是故湘西之山，观之尤者，逮乎小云而尽。

系乎大云而小者，大云庞然大也。或曰："道士申泰芝者，

8　陵酃（líng）：炎帝陵地酃县（今属湖南）。

9　攸：攸县，在今湖南省。

10　平烟：漫地而起的烟雾。

11　轮囷：高大的样子。

12　漩濎（fú）：水流回旋。这里形容雨被大风所卷，回旋降落。

13　泱（yāng）莽：无限的空间。这里指天空。

14　岂啻（chì）：岂但，不仅。

修其养生之术于大云，而以小云为别馆，故小之。"虽然，尽湘以西，终无及之者。自麓至山之脰[15]，皆高柯丛樾[16]，阴森葱蒨。陟山之巅，则古木百尺者，皆俯以供观者之极目。养生者去，僧或庐之。庐下莳[17]杂花，四时蒸砌。右有池，不雨不竭。

予自甲辰[18]始游，嗣后岁一登之，不倦。友人刘近鲁，居其下，有高阁藏书六千余卷，导予游者。

---

15 脰（dòu）：颈，脖子。喻半山以上。

16 樾（yuè）：树荫。

17 莳（shì）：培育。

18 甲辰：康熙三年（1664）。

王夫之（1619—1692），字而农，号薑斋，学者称船山先生，湖南衡阳人。崇祯十五年（1642）举人。明亡后，坚持抗清，后还乡隐居衡阳石船山麓，努力著述四十年，在思想史上有卓越贡献。著有《船山遗书》等。

这是一篇综述性的游记，它不是记某一次的游览见闻，而是融合了多年时间里，多次游览后的见闻。文中极写小云山之美，在这里可以观赏湘西山水全貌，可见春云、夏雨、秋月、冬雪之变化无穷："春之云，有半起而为轮囷，有丛岫如雪而献其孤黛。……秋之月，有澄淡而不知微远之所终。冬之雪，有上如暝，下如月万顷，有夕镫烁素，悬于泱莽。"

作者用古朴奇诡的笔墨，顺畅平实的语调，以小云山为视点，把湘西的奇山丽水描绘出富于变换的色彩，寄寓了作者对家乡山水的深情。它有描摹，有抒情，有叙事，切换自如，可谓随心所欲不逾矩，允称记游佳作。

游九华记[1]

清 施闰章

昔刘梦得[2]尝爱终南、太华、女几、荆山，以为此外无奇秀，及见九华，始自悔其失言。是说也，尝窃疑之。而李太白以山有莲花峰，改九子为九华。予舟过江上，望数峰空翠可数，约略如八九仙人云。

其山，外峻中夷。由青阳[3]西南行，则峰攒岫复[4]，环奇百出；而入其中，则旷以隐。由山麓褰裳，则寒泉数十百道，喷激沙石，碎玉哀弦；而入其中，则奥以静。盖岩壑盘旋，白云蓊郁，道士之所族处者，是为化城[5]。一峰屹然，四山云合，

1　九华：九华山，在今安徽青阳西南，旧名九子山，唐代诗人李白改为九华山。

2　刘梦得：唐代诗人刘禹锡，字梦得。

3　青阳：即今安徽青阳。

4　峰攒岫复：峰峦聚集繁复。

5　化城：指化城寺，在九华山西南部。401年（东晋安帝隆安五年）始创，780年（唐德宗建中元年）赐额"化城"，1435年（明宣德十年）重建。

若群龙之攫明珠者，是为金地藏塔[6]。循檐送目，虚白之气，远接江海。而四方数千里来礼塔者，踵接角崩[7]，叫号动山谷，若疾痛之呼父母，蹈汤火之求救援。道士争缘为市，几以山为垄断矣，宁复知有云壑乎？

于是择其可游者，曰东岩。其上有堆云洞、师子石，僧屋数间，刻王文成[8]手书。文成聚徒讲学，游憩于斯，有《东岩燕坐诗》。今求其讲堂，无复知者。天柱峰[9]最高，俯视化城为一盂。绝壁矗立，乱山无数，所谓"九十九峰"[10]者。迷离莫辨，如海潮涌起，作层波巨浪。青则结绿，紫则珊瑚，夕阳倒蒸，意眩目夺。盖至此而九华之胜乃具。惜非闲人，不得坐卧十日，招太白、梦得辈于云雾间相共语耳。

游以甲午岁十月，从之者查子素先、徐子道林。

6　金地藏塔：在化城寺西，神光岭山麓。相传唐肃宗至德年间（756—758）新罗国王子金地藏（又名金乔觉）航海来中国，到九华山聚徒讲学，至99岁坐化。他的信徒用三年时间修建了这座塔，保存他的遗体。

7　角崩：形容礼拜的人以额触地。

8　王文成：即明代哲学家王守仁。"文成"是他的谥号。

9　天柱峰：在九华山东部，山峰耸拔千仞，如柱直插云天，为九华山东部第一高峰。

10　九十九峰：九华山周回二百余里，有山峰几百座，比较有名的有数十座。所谓"九十九峰"是一个大概的说法，并非确数。

　　施闰章（1618—1683），字尚白，一字屺云，号愚山，又号蠖斋，安徽宣城人。少孤，博览群书。顺治六年（1649）进士，授刑部主事。康熙年间召试博学鸿儒，授翰林院侍讲，参与修撰《明史》，转侍读。施闰章擅长写诗，与宋琬齐名，人称"南施北宋"。著有《施愚山全集》等。

　　这是一篇随笔式的游记，文字激扬，笔触生动。文章从先贤的命名写起，先说九华山的整体特点"外峻中夷"，并以化城寺、金地藏塔显示出这里曾为佛教圣地，如今人头攒动，喧嚣扰攘，已不复当年。

　　接下来叙述可游之处：一处是明代学者王守仁当年讲学的地方，可惜已经没有人了解相关情况；一处是九华绝顶天柱峰，这里"绝壁矗立，乱山无数，所谓'九十九峰'者。迷离莫辨，如海潮涌起，作层波巨浪。青则结绿，紫则珊瑚，夕阳倒蒸，意眩目夺"，这才是九华山最佳胜境。作者在此抒发了不得久留观赏，与李白、刘禹锡在云雾间交流共语的感慨。

游太室记[1]

清
田雯

　　嵩山神祠[2]，在黄盖峰下，登封县东八里。祠门三重，古柏几二百株。三门之内，四岳神祠，分列左右。东有降神殿，绘"生甫及申"[3]像于壁，剥落已半，西为御香亭，历代已来，封禅记功德地也。谒岳神殿祀事毕，下西阶，古柏鳞次，桀石丛峙。石上遍刊祝厘辞[4]，祠官姓氏，周览移晷，回登天中阁[5]少憩。

　　理策至山麓，仰视一峰入云，石色青绀[6]如画，岚流雾垂，

1　太室：即中岳嵩山，在今河南登封。

2　嵩山神祠：即中岳庙。

3　生甫及申：句见《诗经·大雅·崧高》："崧高维岳，骏极于天。维岳降神，生甫及申。"

4　祝厘辞：祭时祈福的文辞。

5　天中阁：中岳庙的前门。

6　绀（gàn）：深青透红的颜色。

上合下竦，是为万岁峰[7]。其麓为入山所必经也。蓝舆行十里至中峰。昔人云："嵩山如卧眠龙而癯[8]。"望之浑成秀拔，若不知有嵚崎[9]参差之势者。及涉中峰之巅，群峰争出，若攒图之托霄上，烟云吞吐，日月蔽亏，林木蓊郁，鸟兽游鸣，阴晴变态，二十四峰[10]环列于中峰，左右上下，不可名状。如谢绛所称玉女窗、捣衣石，但略括一二矣。

东五里许为卢岩，岩有卢鸿一宅，今为寺。两山忽张，匹练下垂，微飙吹之则左右动，奔涧荡壑，众山皆响，为嵩山佳处。昔鸿一隐此，作《十志》以自豪，抱微尚，鸣高蹈已耳。而来游者莫不凭襟怡情，因以思慕于其人矣。东有白鹤观，背负三峰，大小熊山屏其前，为嵩高之奥宅。三峰多石室，远眺一室，豁达洞开，与他室异，或即谟觞室[11]也。南

7　万岁峰：在嵩山太室正南峰下，为登岳正道。

8　嵩山如卧眠龙而癯：指明代袁宏道《嵩游记》所说："古云'华山如立，嵩山如卧'。二语胜画，非久历烟云者，不解造是语也。然余谓华山如峨冠道士，振衣天末，嵩则眠龙而癯者也。"

9　嵚崎：山峰高峻的样子。

10　二十四峰：指青童峰、黄盖峰、浮丘峰、三鹤峰、遇圣峰、万岁峰、玉镜峰、狮子峰、虎头峰、起云峰、凤凰峰、金壶峰、华盖峰、玄龟峰、卧龙峰、会仙峰、子晋峰、玉柱峰、老翁峰、玉人峰、玉女峰、独秀峰、积翠峰、太白峰。

11　谟觞室：唐代冯贽《记事珠》中曾记载说："嵩高山下有石室，名谟觞，内有仙书无数，昔仙人方回读书于内，玉女进以饮食。"

七里径崇福宫[12]投龙洞[13]，力疲思返。

余以半人疾[14]，未及跻嵩之绝顶也，然眺洛河，瞻伊阙[15]，顾以历历目中矣。桑钦《水经》曰："昆仑之墟，去嵩高五万里，地之中也，嵩山绝顶，直上可接。"吾欲御风而行，探昆仑之墟矣。又三里抵嵩阳观，有柏二株，大可十人围，闻在汉已为巨木，殆殷周时物。柏之奇，若雏松之新绿，香泽凝肥，翠滴人衣。坐其下，如张帷幕。谡谡[16]风鸣，如闻丝竹声。旁有石幢，上勒唐宋人题名，有似杂采帖也。嵩阳观碑，屭赑丰硕，在观门之西，徐浩[17]八分书，遒古可爱。邀饮至藏书楼下，日将昳[18]，遂登车以归。

诘旦东行，路出箕山[19]左，沿滍水[20]下流，复探石淙[21]之

---

12 崇福宫：即万岁峰万岁观。唐高宗时改称太乙观，宋改称崇福宫。

13 投龙洞：即"嵩洞"，亦名"龙简洞"。

14 半人疾：这里指脚疾。晋符坚因习凿齿有脚疾，而称习为半人。见《襄阳耆旧传》。

15 伊阙：山名，又名阙塞山、龙门山。在河南洛阳南。因两山相对如阙门，故名。

16 谡谡（sù sù）：风声。

17 徐浩：字季海，越州（今浙江绍兴）人。唐代书法家，官至太子少师。

18 昳（dié）：日过午偏斜。

19 箕山：又名许由山，在太室东南约二十里。

20 滍（yīn）水：古水名，为河南颍水三源中的中源。

21 石淙：指平洛水。水两边奇石攒立，变化万千，风景秀美。

胜，礌砢[22]崎岖，负险相望。百二十里过禹州[23]，达襄城[24]境。

康熙丙子二月丙辰[25]记。

22　礌砢（lěi luǒ）：同"磊砢"，山石堆积众多的样子。

23　禹州：即今河南禹州。

24　襄城：治所在今河南襄城。

25　康熙丙子二月丙辰：康熙三十五年二月三十日。

田雯（1635—1704），字纶霞、紫纶，号漪亭，晚号蒙斋，山东德州人。康熙三年（1664）进士，官至工部郎中。他博闻强记，崇尚古学，诗文均自成一家。有《古欢堂全集》等。

这篇游记主要叙述嵩山的气势和地位，文风典雅华丽。开篇记述神祠、圣迹、古柏、石刻，雍容简洁，突出嵩山在五岳居中的至高地位和深厚积淀。接下来从万岁峰到中峰，主要写山峰的浑成秀拔，烟云吞吐之中，二十四峰环列，颇为壮观。第三段写嵩山的寺庙兼及受人尊重的隐士事迹，幽境胜概中透着隐逸之风。第四段写因病未能登顶，远望洛水、伊阙，畅想凌云游仙，借嵩阳观的古物遗迹、碑刻书法寄托内心情志，是一篇值得品味的嵩山游记。

游劳山记[1]（节选）

清 张道浚

康熙甲戌[2]，余自蓟北返而东游。潘太史[3]雪石谓余曰："子之游不虚也，殆将登大小劳而极海山之胜乎？"且为具言其概，余心慕之。三年，愿莫能申。

丁丑四月既望[4]，刺史陈君按行部内，余得偕过不其城[5]。兴会适逢，因携一童子周燮入山，一府役章姓引导，马一骡二。由城东南行三十里，群峰当马首，疑绝人径。忽尔峭壁双开，松风夹路而入。约二里许，名峡口。旁有古寺，广庭无他物，惟药品几种曝日下，香气触鼻观；道人知医，时以济人，走

---

1 劳山：即崂山，在今山东青岛境内。
2 甲戌：康熙三十三年（1694）。
3 太史：古史官名，这里用作翰林的别称。
4 丁丑四月既望：康熙三十六年（1697）四月十六日。
5 不其城：古地名，在崂山西北。

廛市。余独坐幡[6]影石坛上，久之。迤逦而东，地复广衍，不知为众山深处。云开霞卷，登一小峰，忽得东海全胜。银涛万顷之上，南望紫翠千层，随波荡漾，灵异不可名状，恨不得即插翅飞去。童子牵衣遽下，遵大路，折而南，十里至冷哥庄，憩修真庵。松间犬吠，道童知客至，拾松枝烹茗相款。时邑侯[7]龚君铨，楚人也，命候人设鸡黍[8]于此。余知而止之，与一蒲团上人共蔬饭。

饭罢，循山东向，即前南望诸峰。乱石嶙峋，转折成路，马蹄蹭蹬[9]难前。行山麓十余里，陡跻绝巘，缘峻壁，仰摩苍穹，俯临万仞，心惊目眩，不知所措。山腹仄径蜿蜒。盘空凌虚，不得不释鞍曳杖。又行十里许，两足下巨石剑攒，浪花乘风搏激，雪卷云翻，顷刻万状。昔称孙位画水几于道，恐见此笔底亦将穷矣。空洞中有声如雷，时殷林木，复恍惚见龙光鱼影，鹤驾鸾车，翻飞于虚无弥茫之间，直抵于扶桑[10]析木穷荒极岛之外，两目收拾亦大矣哉。

6　幡：旗帜。

7　邑侯：县令。

8　鸡黍：谓招待宾客的饭菜。

9　蹭蹬：失势难进的样子。

10　扶桑：古以为日出的地方，又用称日本国。

径随峰转，云傍人飞，于横溪绝壑中度飞仙桥。进一道院，寂寥古殿，丹灶依然，此太平宫也。上有白龙、老君、华阳诸洞，扪[11]萝攀磴而上，备历幽绝。时日已西下，斜阳挂松林，二十里之间，郁郁苍苍。松多千百年物，虬枝鹤骨。有挺然千尺凌霄，而具擎天[12]蔽日之概者；有周围合抱，而横枝礧砢蹙缩[13]，俨然龙挐虎跋之状，而高不四五尺者；有远架岩壑而岸然高视者；有倒托悬崖如俯首恭而揖者。或三五并列于前；或一枝独秀于后；或两相纠缠，结而为门；或分行排立，整如部伍，而不错乱跬步。更有琼葩珍卉，绵谷沿溪，奇兽珍禽，依人不扰，莫可名识者。

由是直抵华岩，山多伐毛洗髓之流[14]，独此庵为释子道场，邑人黄氏所创于此未久，故讲殿禅堂，虚廊峻阁，佛像法相，缯盖[15]幢影之类，靡不严整，胜于他处。坐倚十间楼头，听清梵[16]琅琅，出山坳树隙间，与海潮相和应。夜半寻大悲阁僧岸先万修话，凭栏瞰海。正当月临峰顶，潮上山腰，觉三千

---

11 扪：抓着。

12 擎天：托住天空。

13 礧砢（lěi luǒ）蹙缩：繁密不能舒展的样子。

14 伐毛洗髓之流：指脱胎换骨之人，此处为道士。

15 缯盖：谓丝织佛伞。

16 清梵：佛教徒诵读佛经的声音。

世界，无非银溶冰结，薿然一身，直与清淑之气相融洽。鸡鸣，僧拉跻最后高峰。目极沧溟，波平际天，见云霞五色中，拥出丹砂轮影，疑阳乌已离旸谷。孰知少顷焜煌闪烁，如熔金炉鼎，方由一线而全升，初犹洸漾水光中也。一轮初上，山耶水耶，人耶物耶，由晦复明，光华四散，真目得未曾有。僧言海气氤氲，晨曦恒晦，若此纤悉毕现，人不数见者也，徘徊久之，轩衣而起。

僧摘山蔬供麦饭，味淡而甘，亦非人世间所常服。

　　张道浚（生卒年不详），字廷先，一作"庭仙"，清康熙乾隆间书画家，安徽歙县人。寓居虞山（今江苏常熟），善鼓琴，工书画，尤其擅长画竹，画山水。

　　劳山在海滨，相传是道教福地。作者是画家，擅长刻画山水，素有游览的愿望。在这样的背景下，本文呈现出两个显著的特点：一是弥漫仙山气氛，二是突出海山胜境。比如从修真庵南行登山时，看到"行十里许，两足下巨石剑攒，浪花乘风搏激，雪卷云翻，顷刻万状"，恍惚如升仙界，有声有色，动静融合；写夕阳中的松林，又见"斜阳挂松林，二十里之间，郁郁苍苍。松多千百年物，虬枝鹤骨。有挺然千尺凌霄，而具擎天蔽日之概者……"千姿百态，恍若神灵。在这位清代画家笔下，东海边上的劳山呈现出独特的、引人入胜的意境。

游桂林诸山记

清 袁枚

　　凡山，离城辄远，惟桂林诸山离城独近。余寓太守署中，晡食[1]后，即于于[2]焉而游。先登独秀峰[3]。历三百六级，诣其巅，一城烟火如绘。北下至风洞，望七星岩[4]，如七穹龟团伏地上。

　　次日，过普陀，到栖霞寺[5]，山万仞壁立，旁有洞。道人秉火导入，初尚明，已而沉黑窅渺[6]，以石为天，以沙为地，以深堑为池，以悬崖为幔，以石脚插地为柱，以横石牵挂为栋梁。未入时，土人先以八十余色目列单见示，如狮、驼、龙、象、鱼网、僧磬之属，虽附会，亦颇有因。至东方亮，则洞

1　晡食：晚餐。
2　于于：行动悠然自得的样子。
3　独秀峰：一名紫金山，孤峰耸立，挺拔清秀。
4　七星岩：因七峰列如北斗而名。
5　栖霞寺：在七星岩下，始建于唐代。
6　窅渺：深远广袤。

尽可出矣。计行二里许，俾昼作夜。倘持火者不继，或堵洞口，则游者如三良殉穆公[7]之葬，永陷坎窞[8]中，非再开辟，不见白日。吁，其危哉！所云亮处者，望东首，正白，开门趋往，扪之，竟是绝壁。方知日光从西罅穿入。反映壁上作亮，非门也。世有自谓明于理，行乎义，而终身面墙者，率类是矣。

次日，往南薰亭[9]，堤柳阴翳，山淡远萦绕，改险为平，别为一格。

又次日，游木龙洞，洞甚狭，无火不能入，垂石乳如莲房半烂，又似郁肉[10]漏脯[11]，离离可摘。疑人有心腹肾肠，山亦如之。再至刘仙岩[12]，登阁望斗鸡山，两翅展奋，但欠啼耳。腰有洞，空透如一轮明月。

大抵桂林之山，多穴，多窍，多耸拔，多剑穿虫啮，前无来龙，后无去踪，突然而起，戛然而止，西南无朋，东北

---

7 穆公：秦穆公，名任好，在位三十八年，任用百里奚等贤臣，称霸西戎。死时以子车氏的三个儿子奄息、仲行、针虎为殉。三人均为当时著名贤士，故秦人作《黄鸟》诗哀之，称之为"三良"。

8 窞（dàn）：深坑。

9 南薰亭：在市北虞山山半，宋代张栻建。

10 郁肉：腐臭的肉。

11 漏脯：溃烂的干肉。

12 刘仙岩：又名升仙石，相传是仙人刘仲远的居所。

丧偶，较他处山尤奇。余自东粤来，过阳朔[13] 所见山，业已应接不暇：单者，复者，丰者，杀者，揖让者，角斗者，绵延者，斩绝者，虽奇鸽九首，獾疏一角，不足喻其多且怪也。得毋西粤所产人物，亦皆孤峭自喜。独成一家者乎？

记岁丙辰[14]，余在金中丞[15] 署中，偶一出游，其时年少，不省山水之乐。今隔五十年而重来，一邱一壑，动生感慨，矧诸山之可喜可愕哉？虑其忘，故咏以诗；虑未详，故又足以记。

13　阳朔：县名，今属广西。

14　丙辰：乾隆元年，1736 年。

15　金中丞：金铁，时任广西巡抚。

　　袁枚（1716—1797），字子才，号简斋、随园老人，钱塘（今浙江杭州）人。乾隆四年（1739）进士，曾任溧水等地知县，辞官后居江宁，筑园林于小仓山，号随园。论诗主张抒写性情，创"性灵说"。著有《小仓山房集》及《随园诗话》等。

　　桂林山水历来享誉天下，奇峰怪石，绚烂多姿。作者首先记述了游览栖霞洞的惊险历程和奇幻见闻，可谓惊心动魄。次日游南薰亭，堤柳如烟，群山淡远，萦绕四周，颇为平静。又次日游木龙洞、刘仙岩，欣赏到了奇特的钟乳石和斗鸡山。

　　接下来作者结合对其他所经山水的观览印象，对桂林山水做了个简单的总结：大抵桂林之山，多穴，多窍，多耸拔，多剑穿虫啮，前无来龙，后无去踪，突然而起，戛然而止，堪称孤峭自喜，自成一家。作者少年时，不省山水之乐。如今隔五十年后重游故地，一丘一壑，动生感慨，足见山水有情，耐人寻味。

游珍珠泉记[1]

清 王昶

  济南府治，为济水[2]所经。济性洑而流[3]，抵巇[4]则辄喷涌以上。人斩木剡[5]其首，杙[6]诸土，才三四寸许，拔而起之，随得泉。泉莹然至清，盖地皆沙也，以故不为泥所汩。然未有若珍珠泉之奇。泉在巡抚署廨[7]前，甃[8]为池，方亩许，周以石栏。依栏瞩之，泉从沙际出，忽聚，忽散，忽断，忽续，忽急，忽缓，日映之，大者为珠，小者为玑[9]，皆自底以达于面，瑟

1　珍珠泉：在今山东济南市。泉水上腾，状如珠串，故名。

2　济水：源出于河南济源市王屋山，分东南两流。

3　洑而流：水潜流于地下。

4　抵巇（xī）：遇到地下的缝隙。巇，缝隙。

5　剡（yǎn）：削尖。

6　杙（yì）诸土：把小木桩插进土里。杙，一头尖的小木桩。

7　巡抚署廨（xiè）：巡抚官署。巡抚，清代省级地方政府行政长官，又称抚台、抚军。

8　甃（zhòu）：以砖修井，后亦称砌砖石为甃。

9　玑：不圆的珠子。

瑟瑟然[10]，累累然[11]。《亢仓子》[12]云："蜕地之谓水，蜕水之谓气，蜕气之谓虚。"观于兹泉也，信。是日雨新霁，偕门人吴琦、杨怀栋游焉，移晷[13]乃去。济南泉得名者凡十有四，兹泉盖称最云。

---

10 瑟瑟然：形容泉珠出水面发出的细碎的声音。

11 累累然：形容泉水涌出时水珠连续的样子。

12 亢仓子：书名，旧题庚桑楚作。下引文字见该书《全道篇》。

13 晷（guǐ）：日影。

　　王昶（1725—1806），字德甫，号兰泉，晚号述庵，江苏青浦（今属上海）人。乾隆十九年（1754）进士，官至刑部右侍郎。早负诗名，学识渊博，长于经学考证，尤嗜金石之学，多藏金石碑版。编撰有《湖海诗传》《湖海文传》《明词综》《国朝词综》《金石萃编》等，著有《春融堂集》。

　　济南是举世闻名的"泉城"，文章开头，作者先对济南多泉的原因作了简要的解释。然后转入描述珍珠泉，而集中表现其所以为"珍珠"的奇景："泉从沙际出，忽聚，忽散，忽断，忽续，忽急，忽缓，日映之，大者为珠，小者为玑，皆自底以达于面，瑟瑟然，累累然。"并引证古书记载以解释泉珠的聚散原因。文笔简练生动，流畅活泼，精致有趣，可谓小品佳作。

清 姚鼐

登泰山记

泰山之阳[1]，汶水[2]西流；其阴，济水东流。阳谷[3]皆入汶，阴谷皆入济。当其南北分者，古长城[4]也。最高日观峰[5]，在长城南十五里。

余以乾隆三十九年十二月，自京师乘风雪，历齐河、长清[6]，穿泰山西北谷，越长城之限，至于泰安。是月丁未，与知府朱孝纯[7]子颖由南麓登。四十五里，道皆砌石为磴，其级七千有余。

---

1 阳：山南水北为阳。

2 汶水：也叫汶河。发源于山东莱芜东北原山，西南流经泰安东。

3 阳谷：指南面山谷中的水流。

4 古长城：指春秋时期齐国所筑长城的遗址，古时齐鲁两国以此为界。

5 日观峰：在泰山山顶东岩，五更天可在峰顶观日出。

6 齐河、长清：地名，都在山东省。

7 朱孝纯：字子颖。当时是泰安府的知府。

泰山正南面有三谷。中谷绕泰安城下，郦道元所谓环水[8]也。余始循以入，道少半，越中岭[9]，复循西谷，遂至其巅。古时登山，循东谷入，道有天门[10]。东谷者，古谓之天门溪水，余所不至也。今所经中岭及山巅崖限当道者，世皆谓之天门云。道中迷雾冰滑，磴几不可登。及既上，苍山负雪，明烛天南；望晚日照城郭，汶水、徂徕[11]如画，而半山居雾若带然。

　　戊申晦[12]，五鼓，与子颖坐日观亭，待日出。大风扬积雪扑面。亭东自足下皆云漫。稍见云中白若樗蒲[13]数十立者，山也。极天云一线异色，须臾成五采[14]。日上正赤如丹，下有红光动摇承之。或曰，此东海[15]也。回视日观以西峰，或得日，或否[16]，绛皓驳色，而皆若偻。

8　环水：即中溪，俗称梳洗河，流出泰山，傍泰安城东面南流。

9　中岭：即黄岘岭，又名中溪山，中溪发源于此。

10　天门：泰山峰名。《山东通志》："泰山周回一百六十里，屈曲盘道百余，经南天门，东西三天门，至绝顶，高四十余里。"

11　徂徕（cú lái）：山名，在泰安东南。

12　戊申：二十九日。晦：农历每月最后一天，表明这个月是小月。

13　樗蒲（chū pú）：古代的一种赌博游戏，这里指博戏用的"五木"。五木两头尖，中间广平，立起来很像山峰。

14　采：通"彩"。

15　东海：泛指东面的海。这里是想象，实际上在泰山顶上看不见东海。

16　或得日，或否：有的被日光照着，有的没有照着。

亭西有岱祠[17]，又有碧霞元君[18]祠。皇帝行宫[19]在碧霞元君祠东。是日，观道中石刻，自唐显庆[20]以来，其远古刻尽漫失。僻不当道者，皆不及往。

山多石，少土。石苍黑色，多平方，少圜[21]。少杂树，多松，生石罅，皆平顶。冰雪，无瀑水，无鸟兽音迹。至日观数里内无树，而雪与人膝齐。

桐城姚鼐记。

17　岱祠：东岳大帝庙。
18　碧霞元君：传说是东岳大帝的女儿。
19　行宫：皇帝出外巡行时居住的住所。这里指乾隆登泰山时住过的宫室。
20　显庆：唐高宗的年号。
21　圜：通"圆"。

姚鼐（1732—1815），字姬传，室名惜抱轩，人称惜抱先生，安徽桐城人。清乾隆二十八年（1763）进士，官至刑部郎中，历主江宁、扬州等地书院。曾参与编修《四库全书》，任纂修官，为"桐城派"重要人物，主张"义理、考据、词章，三者不可偏废"。他的散文简洁精练，温润清新。有《惜抱轩文集》。

本文主要记述了作者在除夕之日登泰山观日出的沿途观感。作者从上山途中的见闻写起，上山历经艰辛，"道中迷雾冰滑，磴几不可登"。上山后看到了"苍山负雪，明烛天南；望晚日照城郭，汶水、徂徕如画，而半山居雾若带然"。身凌绝顶，一览众山，境界阔大。

接下来在日观亭"跨年"守岁，当时环境是"大风扬积雪扑面，亭东自足下皆云漫"，可见宛如仙境一般的泰山之巅除夕夜之寒冷。一番等待之后，迎来了壮观的泰山日出："极天云一线异色，须臾成五采。日上正赤如丹，下有红光动摇承之。"简单的几句话就把泰山日出的整个动态过程呈现无遗。下面还记述了所见其他的古物遗迹风景。全文淡雅平实，叙述从容有序，体现了桐城派散文的特点，允称佳作。

图书在版编目（CIP）数据

江山如画：中国古代山水志／吴树强编撰 . -- 北
京：北京联合出版公司 , 2019.10
　ISBN 978-7-5596-3657-7

　Ⅰ . ①江… Ⅱ . ①吴… Ⅲ . ①游记－作品集－中国－
古代 Ⅳ . ① I262

　中国版本图书馆 CIP 数据核字 (2019) 第 209848 号

江山如画：中国古代山水志

编　　撰：吴树强
责任编辑：宋延涛
封面设计：王　媚
内文排版：常　亭

北京联合出版公司出版
（北京市西城区德外大街 83 号楼 9 层　　100088）
北京联合天畅文化传播公司发行
天津市祥丰印务有限公司印刷　　新华书店经销
字数 120 千字　710 毫米 ×1000 毫米　1/16　印张 19.5
2019 年 10 月第 1 版　2019 年 10 月第 1 次印刷
ISBN　978-7-5596-3657-7
定价：98.00 元

耕 雲

BE YOURSELF
IN
A WORLD